KB208211

단칸방의 침략자!?

글 : **타케하야**
그림 : **뽀코**
옮긴이 : **원성민**

본체

유령

아이카 마키
원래는 유리카의 적,
악의 마법소녀【다크 네이비】.
지금은 시즈카와 동거중.

마법소녀

히가시혼간 사나에
코로나장 106호실에 들러붙은 큐(舊)유령소녀.
지금은 생령소녀.

니지노 유리카
106호실의 위기를 주장하던 것도 옛말,
지금은 "자칭"을 떼어낸 마법소녀.

**티어밀리스
그레 포르트제**
황위 계승권을 위해 우주에서 찾아온 황녀님.
쿠데타 군과의 전면대결을 위해, 고향땅으로
돌아왔다.

우주인

**클라리오서
다오라 포르트제**
티아와 적대하던 우주인 황녀.
최근 여러 가지로 코타로의
신임을 받고 있다.

**루스카니아
나이 파르돔시하**
티아의 호위이자 시종.
최근에 동경하던
청기사 밑에서 수행중.

킷쇼하루카제고등학교 학생들

카사기 시즈카
문답무용으로 강하고,
코타로의 동급생이며
코로나장의 주인.

마츠다이라 켄지
코타로의 소꿉친구이자 절친.

사쿠라바 하루미
코타로가 소속한 뜨개질부의 부장이자
1년 선배. 살짝 병약 체질.

사토미 코타로
코로나장 106호실의
일단은 정당한 계약자이자
주인공이며 청기사.

코로나장의 주민

지저인

쿠라노 키리하
지상 침략을 획책하는 척하며
추억 속 인물을 찾고 있었던 지략가.

단칸방의 침략자!?
캐릭터 세력도

오랜만에 대활약?!

코로나장
106호실

ROOM No. 106
CORONA-SOU

Episode 1
의외로 가까이에 있는 위기

　과거에 치명상을 입은 나나는 신체 대부분을 인공 의수족으로 대체하고 있다. 그것은 침략자 소녀들이 가진 과학과 영력, 마법이 융합한 결과 탄생한, 진짜 육체와 구분할 수 없을 정도로 정밀한 물건이다. 그래서 나나는 자신이 인공 의수족을 사용 중이라는 인식이 희박했고, 덕분에 심리적인 부담도 크게 줄어들었다. 한 여자로서 회복했다 할 수 있을 것이다.

　그러나 그만큼 정교하다 보니 막 가동을 시작했을 시기에는 문제점도 적지 않았다. 나나의 건강상태에 미치는 영향, 인공 의수족의 기계적인 트러블, 프로그램 문제, 동력으로 소비하는 영력이나 마력량 등 정기적으로 확인하며 조정할 필요가 있는 요소는 대단히 많았다.

특히 큰 전투 직후에는 부담이 심한 만큼 많은 문제가 발생했다. 자연히 대규모 진단 및 조정이 필요할 수밖에 없었다.

"나나, 당신 이런 상태로 용케도 그렇게 활약했군요. 도중부터 감각에 투영되는 수직축이 실제보다 조금 어긋나 있사와요."

"후후후, 전직 마법사였던 경험 덕분일까요? 감각이 흐트러지는 정도는 자주 있는 일이었거든요."

"……참 비상식적으로 싸워왔군요."

"물론 그게 다는 아니지만요. 이 새로운 몸이 잘 만들어진 덕분이에요."

"그건 칭찬으로 받아들이겠사와요."

"칭찬 맞아요. 여러분껜 감사할 뿐이랍니다."

나나의 건강진단 및 인공 의수족의 조정은 여러 기술에 통달한 클란의 주도로 진행되었다. 장소도『으스름달』의 연구시설을 이용했다. 두 사람의 접점은 자연스럽게 늘어났고, 이제는 친근하게 대화를 나누게 되었다. 그리고 그것은 함께 이곳에 와 있는 하루미도 마찬가지였다.

"싸울 때 복사뼈랑 무릎에 부담이 많이 가는 것 같네요. 마법이 조금 약해졌어요."

"그건 분명 제 방식 탓일 거예요. 몸이 커졌는데, 어렸을 때처럼 움직이려 하니까요."

"나나 씨는 지금도 젊으시잖아요?"

"후후, 마법소녀라고 하기에는 나이를 먹었다는 뜻이랍니다."

하루미는 선천적으로 몸이 약하기 때문에, 나나가 건강진단을 받을 때는 그녀도 함께 받았다. 그리고 하루미는 마법을 쓸 수 있으므로, 나나의 신체에서 마법을 사용하는 부분을 검사할 수 있었다. 일석이조였으며, 그 덕분에 하루미도 자연스럽게 나나와 친해졌다.

평소 건강진단 멤버는 나나, 클란, 하루미 세 명이다. 그런데 사실 오늘 이곳에는 한 명이 더 와 있었다. 바로 침략자 소녀들 중에서 가장 건강할 것 같은 티아였다.

"나나여, 그대의 총을 일단 전부 분해해서 청소, 재조립해 두었느니라. 상태가 나쁜 부품은 교체했고, 총열도 정밀도가 높은 것으로 바꾸었다. 무게중심도 살짝 손보았지. 전보다 그대의 손에 더 잘 맞을 게다."

"감사합니다, 티어밀리스 전하. 이렇게 번거로운 일을 직접 해주시다니……."

"괘념치 말거라. 무기를 다루는 건 익숙할뿐더러, 마법을 사용한 무기라는 점에 흥미도 있었으니까."

티아는 나나의 무기 정비를 맡았다. 공업제품으로써 총을 정비하는 것은 클란도 충분히 할 수 있지만, 사용자에 맞춰서 정비할 수 있는 사람은 티아뿐이다. 싸우는 게 특기인 티아는 누구보다도 무기에 통달했다.

"……확실히 상당히 다루기 편해졌네요. 조준기도 조정해주셨군요."

나나는 건네받은 총을 이리저리 확인하며 티아에게 미소지었다. 티아의 정비 실력은 일류였다. 나나가 신경 쓰던 부분은 전부 수정되어 있었다. 티아는 일상생활에서는 서투른 부분이 눈에 띄지만, 무기에 관해서는 확실히 전문가였다.

"그렇다니 다행이로구나. 허나 영력, 마법과 관련된 기구는 섣불리 손댈 수 없었느니라. 나중에 키리하나 마키에게 부탁하면 되겠지."

"네, 고맙습니다."

나나의 건강진단, 인공 의수족, 총의 정비. 전부 건강과 목숨에 관계된 중요한 일이다. 그와 동시에 나나를 한 여자로서 생활할 수 있도록 해주기 위해서 필요불가결한 일이기도 하다. 소녀들은 그것을 무척 중요하다고 생각하기 때문에, 이 일에 큰 보람을 느꼈다.

나나가 마법소녀가 되었을 무렵에는 가장 나이가 어렸기 때문에, 소위 친구나 전우라고 부를 만한 사람이 적었다. 그 직후부터 크게 활약하여 아크 위저드가 된 것도 문제였다. 대부분이 단독임무였고, 결과적으로 인간관계가 협소해졌다. 현실적으로 나나에게 친구라 부를 수 있는 상대는 사나에의 어머니인 카나에, 그리고 제자이기도 한 유리카 정도가 다였다.

"나나의 진단 및 인공 의수족의 데이터 해석 결과를 종합해보니, 약간 문제가 있어 보이는군요."

"무슨 문제인 게냐?"

"더 자연스럽게 움직이게 하기 위한 데이터가 모이지 않았사와요. 평소에는 잘 쓰지 않는 신경도 있잖아요?"

"아하…… 그 신경이 관여하는 동작을 하려고 할 때 어색하게 움직인다는 이야기로군."

"여러분, 간식 드세요."

"고마워요, 하루미."

"과자는 무엇이냐?"

"사토미 군이 찬장 안쪽에 숨겨놓은 양갱을 가져와버렸어요. 우후후."

그런 삶을 살아온 나나는 소녀들의 고리 안에서 생활하며 지금까지 별로 느껴본 적 없는 감정을 품게 됐다. 바로 이런 게 친구들의 그룹이라는 것일까, 라는 생각— 우정 혹은 귀속의식이다. 카나에에게는 도움받았고 유리카는 보호 대상이었기 때문에, 이해관계를 완전히 따르지 않는 같은 세대 소녀들과의 본격적인 교우 관계를 나나는 처음으로 경험했다.

—물론 내가 몇 살 더 많지만……. 이 경우엔 어린애 같은 외모로 자란 것에 고마워해야 하려나?

나나는 쓴웃음을 지었다. 지금까지는 임무를 비롯한 여러 사정 때문에 나나는 자신이 동안에 유아체형이라는 점을 크게 의식하지 않았다. 의심받지 않으니 편리하다고 느끼는 정도였다. 그러나 지금은 자기보다 어린 소녀들과의 교우 관계를 도와주고 있었다. 나나는 자신이 어려 보이는 용모로 자란 것에 무의식중에 고마움을 품었다.

"그런 짓을 하면 사토미 씨에게 혼나지 않나요?"

"걱정 마세요. 가져가도 되냐고 확실하게 물어봤으니까요."

"……그럼 몰래 가져온 것처럼 말할 필요 없잖아요, 하루미."

"하루미답구나."

『아하하하하하.』

나나와 세 소녀는 동시에 웃었다. 그러고 있으니 정말로 또래 친구들로 보였다. 나나는 이런 시간이 가능한 한 오래 이어지기를 바랐다.

"실은, 다른 문제가 하나 더 있사와요."

"왜 그러느냐? 어째 심각해 보이는구나."

"무슨 중대한 문제라도 있나요?"

티아와 하루미의 표정이 걱정스럽게 바뀌었다. 그러자 클란은 크게 고개를 끄덕이고는 입을 열었다.

"나나의 가슴과 허리…… 엉덩이 크기를 어떻게 하느냐, 라는 문제여요."

나나의 인공 의수족은 중상을 입은 그녀의 진짜 신체를

감싸듯이 부착되어 있었다. 중상 탓에 야위어버린 그녀의 진짜 신체는 다치지 않았을 때 예상되는 몸매와 달랐다. 그리고 몸을 움직일 때의 데이터가 충분히 쌓이기 전에 몸매를 조정하면 데이터를 취득하는 데 방해될 우려가 있는 까닭에 몸매는 굳이 손대지 않았다. 그러나 데이터를 어느 정도 취득한 지금이라면 그런 문제가 생길 우려는 없었다. 그래서 클란은 지금이야말로 때가 되었다고 생각했다.

"그건 대단히 중요한 문제로군."

"여성으로서 무시할 수 없는 부분이죠."

클란의 지적에 티아와 하루미는 이해한 듯 동감을 표했다. 티아와 하루미도 어엿한 여자아이. 나나를 최대한 귀엽고 예쁜 모습으로 해주고 싶다는 클란의 생각에는 대찬성이었다.

"그래서 말인데, 나나…… 당신은 어떠한 모습을 희망하시나요? 유리카가 가진 사진에 맞출까요? 아니면 그보다 좀 더 성장한 예상 모습으로 하시겠나요?"

"어, 그게……."

나나는 앳된 느낌이 남아있는 얼굴로 살짝 눈살을 찌푸리며 생각에 잠겼다. 예전 모습을 되찾을 것인가, 예상되는 현재 모습으로 할 것인가. 아니면 좀 더 나아가서 이상적인 여성의 모습으로 할 것인가. 엄밀히 따지자면 현재 그녀가 착용 중인 인공 의수족은 유리카와 함께 다니던 무렵의 그녀보다도 좀 더 굴곡이 적었다. 크게 차이 나는 것은 아니지만, 가슴과 허리를 약간 강조하는 게 그녀의 원래 모습에 가깝다. 현실적으로 판단하면 그 정도에서 타협하면 될 터였다.

"……좀 더 이 모습으로 있어 보려고요."

그러나 나나는 다른 결론을 내렸다. 놀랍게도 그녀는 모습을 바꾸겠다고 생각하지 않았다. 그 대답에 하루미를 비롯한 세 명은 깜짝 놀랐다.

"그대로여도 괜찮으시겠어요?!"

"무어라?! 원래 모습으로 돌아가고 싶지 않은 게냐?!"

"손이 많이 갈까 봐 걱정하는 거라면 그럴 필요 없사와요! 당신의 공로를 생각하면 사소한 문제라고요!"

세 소녀에게는 나나가 평범한 일상을 되찾는 것이 무엇보다 중요했다. 나나에게 한 여성으로서 온전한 삶을 살 수 있게 해주고 싶다는 마음으로 지금까지 노력해온 것이니까. 그런 만큼 세 소녀는 적잖이 놀랄 수밖에 없었다.

"이대로 있는 쪽이, 어려 보이죠? 저는 아무래도 어린 시절을 어딘가 놔둔 채 잊어버린 것 같거든요. ……모처럼 주어진 기회니까, 당분간은 이 모습으로 어린애 같은 일을 해보고 싶어요."

나나의 의도는 명확했다. 그녀는 어렸을 적부터 임무만을 수행하느라 어린애다운 삶을 그다지 살아보지 못했다. 그래서 앳된 느낌이 남아있는 용모를 좀 더 유지하고 싶었다. 너무 어른스러운 모습으로는 하기 쉽지 않은 일도 많을 테니까.

"어린애 같은 일을 해보고 싶다, 라. 코타로에게 맡기면 좋을지도 모르겠구나."

"……벨트리온은 어린애 같은 남자가 아니라, 정말로 어린애여요."

어른 모습으로는 언제든 돌아갈 수 있다. 그렇게 하기 전에 지금 모습으로 할 수 있는 일을 하고 싶다. 그런 이유라면 소녀들도 이해할 수 있었다.

"고마워요, 여러분. 어른스러운 모습이 되고 싶어졌을 때는 잘 부탁드릴게요."

실은 그것 외에도 나나에게는 중요한 이유가 하나 더 있었다. 지금 이 모습 쪽이 눈앞의 소녀들과 분위기가 가까웠다. 요컨대 나나는 소녀들과의 관계를 원활하게 유지하기 위해서도 지금 이 모습을 유지하고 싶다고 생각한 것이었다.

"그렇다면, 지금 필요한 건 부족한 부분의 데이터를 모으는 것이겠군요."

"어떤 모습이건 자연스럽게 움직이는 게 좋은 건 틀림없으니 말이다."

"구체적으로 나나 씨를 어떻게 하는 게 좋을까요?"

"골절 후 재활 훈련을 한다고 생각하면 문제 없사와요. 쓰지 않던 부분을 쓰면서 신체에 적응시키는 것이죠. 정확히 설명하자면 시스템에 신경 신호 데이터를 모으게 하는 것이에요.”

“……후후후…….”

그리고 소녀들도 언젠가는 어른이 되리라. 그때가 오면 자신의 몸도 그렇게 바꾸면 된다. 나나는 유리카와 카나에 다음으로 생긴 새로운 친구들과 앞으로도 줄곧 친하게 지내기를 바라는 것이었다.

나나의 인공 의수족은 그녀의 영파 및 신경 신호를 수집해서 동작 패턴 데이터베이스와 조합하며 그녀가 생각한 대로 움직인다. 따라서 동작을 반복하면 반복할수록 움직임은 점점 자연스러워진다. 갓난아이의 뇌신경이 몸을 움직이는 방법을 배워나가는 것과 같다고 생각해도 좋으리라.

그러나 그것은 동시에 결점이기도 하다. 경험이 없는 부분에 관해서는 데이터가 충분하지 못한 탓에 움직임이 부자연스러워지기 때문이다. 데이터가 없는 부분이 약간만 있더라도, 크게 연결되는 동작 일부에서 그런 문제가 일어나면 본인이나 그것을 보는 제삼자는 움직임 전체에서 위화감을 느끼게 되리라. 그런 데이터의 허점을 하나씩 보충해나가는 것이 나나에게 주어진 목표였다.

이 문제를 사소한 것이라고 쳐내버리는 것은 간단하다. 그러나 핸디캡을 안고 있는 소녀를 평범한 소녀로 보이도록 가꾸어내는 일은 하루미와 티아, 클란에게 대단히 중요한 의미가 있었다. 여성으로서 결코 내버려 둬서는 안 될 일이었다.

"자, 뜨개바늘은 이런 식으로 잡아 주세요."

"그러니까…… 이렇게 하면 되나요?"

"맞아요, 잘하시는데요?"

"후후, 이제 잡기만 했을 뿐이잖아요."

나나가 처음으로 시작한 재활 훈련은 ― 엄밀하게 따지자면 약간 다르지만, 편의상 그렇게 부르기로 한다 ― 섬세한 손재주가 필요한 작업이었다. 선생 역할은 하루미. 하루미의 특기인 뜨개질을 통해 나나가 그다지 써본 적 없는 신경을 움직이자는 발상이었다.

"티어밀리스 씨, 손가락 위치가 잘못됐사와요."

"이렇게 하는 게냐?"

하루미의 뜨개질 교실에 참가한 것은 나나만이 아니었다. 티아와 클란도 함께 뜨개질을 하고 있었다. 단순히 교류를 위해 시작한 것이 아니라, 둘 다 예전부터 다소 관심을 가진 분야였다. 그래서 네 명은 106호실 밥상 주위에 둘러앉아 한창 뜨개질에 집중하고 있었다.

"으음― 뭔가 분위기가 다른 것처럼 보이는데요."

"그대와 같으니라."

"이상하군요…… 혹시, 저도 잘못하고 있는 걸까요?"

그러나 무기와 관련된 것이 아니라면 섬세한 작업에 서툰 티아와 연구 외의 다른 분야에는 관심이 없었던 클란이다보니 뜨개바늘을 잡는 단계에서부터 버벅대고 있었다.

"나나 씨, 저쪽은 바늘을 잡는 것부터 헤매고 있나 봐요."

"후후, 조금 리드하고 있군요."

"그 느낌으로 하면 될 거예요. 그럼 바로 시작해볼까요?"

"잘 부탁드립니다, 선생님."

나나는 무척 뛰어난 학생이었다. 그녀는 하루미의 가르침을 마치 스펀지가 물을 빨아들이는 것처럼 습득해버렸다. 하루미의 감각으로 말하자면, 나나는 대단한 실력자가 될 것 같다는 인상을 받았다. 동작 하나하나를 정확하게 이해했고, 움직임에 거침이 없었다. 버벅대는 이유는 단순히 숙련도의 문제, 그야말로 인공 의수족의 데이터 부족이 원인이라고 여겨졌다.

─사토미 군은 이렇지 않아서 다행이네…….

뜨개질 기술을 척척 습득하는 나나를 보며 하루미는 첫 번째 제자였던 코타로를 떠올렸다. 지금이야 코타로도 그럭저럭 기술을 습득했지만, 처음에는 봐주지 못할 정도였다. 코타로는 나나와는 반대로 엄청나게 서툴렀기 때문에 기술 습득 속도도 대단히 느렸다. 참으로 가르치는 보람이 있는 학생이었다. 그리고 그런 시간을 보내며 하루미와 코타로 간의 거리가 줄어들게 되었으니, 하루미에게는 코타로가 서툴렀다는 점이 다행이었으리라.

　―하지만, 그렇구나……. 뭐든지 잘 해낸다는 건, 그런 거겠지…….

　그 순간 하루미는 문득 나나가 어느새 가지게 된 결점을 알아차렸다. 하루미와 코타로의 관계가 미숙함 덕분에 깊어졌다면, 나나는 그 반대일지도 모른다. 무엇이든 척척 해내는 덕분에 타인과의 접점이 얕아지는 것이다. 예외적으로 유리카와의 관계가 두터운 것도, 유리카의 미숙함 덕분이라고 생각하면 이해가 되었다.

　―그렇다면, 조금 다른 방식으로…….

　그래서 하루미는 나나를 대하는 방법을 수정해보기로 했다. 잘한다고 해서 잘하는 사람처럼 대하는 것은 나나에게는 불행일지도 모른다. 설령 그렇지 않는다고 해도 딱히 문제 될 일은 없다. 이는 예전의 하루미가 갖지 못했던 사고방식이었으며, 그녀가 크게 성장한 증거이기도 했다.

　"잘하셨어요, 나나 씨."

　"고맙습니다."

　"그럼 만약을 위해서 한 번 복습해볼까요?"

　"아, 어…… 네."

　하루미는 나나 등 뒤로 돌아가서 껴안는 듯한 자세로 팔을 둘렀다. 가냘픈 하루미보다도 한층 더 자그마한 나나는 하루미의 품에 쏙 들어올 정도였다. 그리고 하루미는 코타로에게 가르쳐주었을 때처럼 손을 움직이는 방법을 직접 보여주었다.

─옛날에…… 카나에 씨가 자주 이렇게 해주었지…….

하루미의 손이 움직이는 모습을 보면서 나나는 십여 년 전 기억을 떠올렸다. 나나의 협력자였던 카나에는 나나를 친딸처럼 소중히 대해주었다. 포옹해준 적도 한두 번이 아니다. 그때 느낀 따스한 감각은 지금도 또렷하게 기억하고 있다. 하루미는 그저 뜨개질을 가르쳐주려는 것일 테지만, 이러고 있으니 그때처럼 품에 안긴 듯한 착각이 들었다. 자기보다 어린 소녀를 대상으로 느낄 만한 감정은 아닐지도 모르지만, 나나는 하루미와 이렇게 있는 것이 기분 좋았다.

너무 뜨개질만 붙잡고 있어도 사용하는 신경이 중복되는 탓에 썩 효율적이라고 할 수는 없다. 그래서 일단 다른 재활 훈련으로 넘어가게 되었는데, 그 전에 점심을 먹을 겸 쉬기로 했다. 과도한 노력이 독이 되는 것은 재활도 마찬가지였다.

밥상 앞에는 티아와 클란, 나나가 남아있었다. 하루미는 부엌에서 식사를 준비하는 중이었다. 이 네 명 가운데 요리가 특기인 것은 하루미 하나였다.

"하루미가 있어서 다행이로구나."

부엌 쪽을 보며 티아가 웃었다. 티아는 요리를 할 줄 몰랐다. 재료와 요리책이 있으면 먹을 만한 것을 만들 수 있는 정도였다.

"유리카가 사둔 컵라면은 사양이어요. 하루미에게 고맙다고 해야겠군요."

티아의 말을 듣고 클란은 연신 고개를 끄덕였다. 클란 역시 요리를 할 줄 몰랐지만, 그녀의 경우에는 아예 불가능한 수준이다. 심지어 요리 콩쿠르 때의 실패가 트라우마로 남은 탓에, 일단 부엌에는 서고 싶지 않은 게 솔직한 심정이었다.

"유리카는 여전히 컵라면을 좋아하는군요."

나나는 요리를 할 줄 모르는 것은 아니었다. 수많은 재능을 타고난 그녀는 재료가 있으면 그럭저럭 먹을 만한 음식을 빠르게 만들 수 있었다. 그러나 그녀는 무슨 일이든 효율적으로 해치우다 보니, 대단히 단순한 음식을 만드는 경향이 강했다. 여유와 심오함이 부족하다 할 수 있으리라.

"가난이 무서운 나머지 본능적으로 사버리는 모양이니라."

"앞으로도 계속 벨트리온에게 신세를 질 거면서, 대체 왜 이러는지 모르겠사와요……."

드르륵—.

"세상에! 박스째로 이렇게나 많이……?!"

티아, 클란, 나나, 엄밀한 이유야 무엇이건 간에 세 사람

모두 요리가 특기라고는 할 수 없었다. 그래서 점심 식사를 하루미에게 일임하게 된 것이었다.

"허나…… 소녀들도 유리카를 보며 마냥 웃을 수 있는 처지는 아니지."

"요리는 서투르니까 말이어요……."

티아와 클란의 목소리 톤이 살짝 낮아졌다. 두 사람의 시선은 자연스레 부엌에 있는 하루미 쪽으로 향했다. 밥상 주위에서는 하루미의 모습이 보이지 않았지만, 능숙한 손놀림으로 요리 중이리라는 것은 안 봐도 확실했다.

"그러고 보니, 하루미 씨는 많은 일에 능숙하시네요."

나나도 밥상 너머로 눈길을 주었다. 하루미는 뜨개질만이 아니라 요리도 특기였다. 아직 경험이 부족한 탓에 다양성 자체는 키리하나 루스보다 부족하지만, 하나하나 신중하게 작업하는 덕분에 훌륭한 결과물을 내놓는다. 분명 오늘도 맛있는 식사를 준비해주리라.

"확실히 하루미는 몸이 약한 탓에 운동 쪽은 서투르다만, 그 외의 일은 무엇이든 요령껏 해치우지."

"우리 셋에 비하면, 인간으로서의 능력은 하루미 씨가 확실하게 압도하는 것 같아요."

"……우리가 너무 부족할 뿐이라는 가능성도 부정할 수 없겠군요."

개별 능력만을 놓고 보면 하루미는 1등이 아니다. 두뇌,

마법, 가사와 전투도. 그러나 그 모든 것을 필요 이상으로 해낼 수 있으므로 종합력은 그녀의 승리다. 여러 문제를 해결해야 할 때 조력자를 한 명만 선택할 수 있다면, 이 멤버 중에서는 하루미를 고르는 게 베스트일 것이다.

"아니…… 문제를 모르는 척 하지 말자꾸나."

"모르는 척 한 적 없사와요."

"아니, 모르는 척 하고 있느니라."

"티어밀리스 전하, 그게 무슨 뜻인가요?"

"소녀들은 인간으로서의 능력이 하루미보다 뒤떨어지는 것이 아니니라. ……여자아이다운 능력이, 하루미보다 크게 뒤떨어지는 것이지."

인정하고 싶지 않은 부분이었다. 그러나 모르는 척해본들 현실이 바뀌는 것은 아니다.

여자아이다운 능력의 부족함.

이것은 뜻밖이다 싶을 정도로 가까이 숨어 있던 몹시도 큰 위기. 압도적인 힘을 지닌 하루미를 앞에 두고 세 사람이 처음으로 부닥치게 된 여자아이로서의 위기였다.

점심 식사를 마친 네 사람은 예정대로 나나의 재활 훈련을 재개했다. 오후의 훈련 메뉴는 운동이 중심으로, 선생 역할은 티아가 맡았다. 몸을 움직이는 분야는 과연 티아의 독무대였다.

"그대로 왼손을 뻗어서 오른쪽 발가락 끝을 잡을 수 있겠느냐?"

"아마도, 닿을 것 같아요."

"그렇게 하면 평소에 잘 쓰지 않는 옆구리 부근 근육을 쓰게 되니라. 같은 동작을 오른손으로도 해 보거라."

"알겠습니다."

처음에는 과격하지 않게, 앉은 상태로 몸을 움직였다. 준비운동이나 스트레칭에 가까운 동작이다. 쓰지 않던 신체 부위를 움직여서 신경을 자극하고 인공 의수족으로 그 데이터를 수집하는 것이 목적이므로, 자연히 준비운동 혹은 스트레칭에 가깝게 움직여야 했다.

"흠…… 그럼 클란, 그대도 해보자꾸나."

"아바바바바바바밧!"

클란이 비명을 질렀다. 나나는 티아의 설명만 듣고 어떻게 하면 되는지 이해했지만, 운동과 담을 쌓은 클란은 그렇지 않았다. 그래서 티아는 클란 곁에 찰싹 붙어서 가르치게 되었다. 지금은 클란의 등에 손을 대고 누르는 참이었다.

"자 힘내보거라, 하나 둘 하나 둘."

"아야야얏! 아, 안 닿는다고욧!"

늘 연구실에 틀어박혀 사느라 운동이 부족한 클란은 몸

이 대단히 뻣뻣하다. 티아는 본인이 할 때보다도 훨씬 더 약하게 클란의 등을 눌렀지만, 클란은 아픔을 못 참고 요란하게 비명을 질렀다. 심지어 그렇게 했는데도 눈곱만큼밖에 구부러지지 않았다.

"……칠칠치 못하긴. 만날 책상 앞에만 붙어 있으니 그 모양인 게다."

"그러는 티어밀리스 씨도, 싸울 때 외에는 두뇌 회전이 느리잖아요?"

"그렇게 받아치니 할 말이 없군. ……좋아, 서로 서투른 분야에 대해서는 부정적인 말을 하지 않도록 하자꾸나."

"협정이 성립되었네요."

피차 서투른 일을 두고 왈가왈부하기 시작하면 끝이 없다. 두 사람은 이내 헐뜯기를 멈추고 운동을 재개했다. 예전의 두 사람이라면 그대로 치열한 말싸움이 이어졌으리라. 그러나 이제는 그런 다툼이 아무것도 낳지 않는다는 것을 안다. 두 사람의 내면은 예전보다 부쩍 성장했다.

그리고 티아와 클란에게는 다툼을 피하고 싶은 특별한 사정이 하나 더 있었다. 바로 그녀들과 함께 재활 훈련 중인 하루미의 존재였다.

"후뉴우, 뉴뉴뉴뉴뉴우우우웃."

하루미는 나나의 동작을 따라 몸을 움직였다. 그러나 선천적으로 병약한 탓에 몸을 움직일 기회가 적었던 하루미의 몸은 클란과 비슷한 수준으로 뻣뻣했다. 그래서 나나의 동작을 완벽하게 따라 하지는 못하고 있었다.

"으음, 일단 반대로 움직여볼까? 어쩌면 그게 좀 더……."

그러나 하루미의 감은 나쁘지 않았다. 만약 병약하게 태어나지 않았다면 운동은 오히려 특기였으리라. 그래서 문제에 맞닥뜨리더라도 자기 나름대로 해결법을 찾아냈다. 그렇게 그녀는 자기만의 페이스로 조금씩 발전하고 있었다.

"흣, 뉴뉴…… 아야, 아야얏! 조, 조금만 더…… 뉴뉴우웃."

티아와 클란이 신경 쓰는 점은 하루미가 운동하는 모습 자체가 아니다. 두 사람이 주목하는 부분은 하루미가 운동할 때 곳곳에서 드러나는 여자아이다운 면모였다.

"……유달리 귀여워 보이는구나. 클란, 그대는 어떻게 생각하느냐?"

"특별히 더 하는 것은 없을 텐데…… 우리와 무엇이 다른 걸까요……."

하루미는 티아가 가르치는 대로 몸을 움직일 뿐이었다. 그런데 왠지는 몰라도 대단히 귀여웠고, 인상이 부드러웠다. 분명 같은 행동을 하고 있건만, 인상이 같지 않았다. 두 사람에게는 그 점이 대단히 큰 수수께끼였다.

"그 차이를 알아내지 않는 한 아무리 시간이 지나더라도 우리의 문제는 해결되지 않겠군요."

그리고 그 부분에 주목한 사람은 티아와 클란만이 아니었

다. 나나 또한 자신들과는 다른 하루미의 인상에 주목하고 있었다. 어느새 세 사람은 움직이는 것마저 잊고, 하루미의 신기하게 귀엽고 부드러운 운동에 푹 빠지고 말았다.

"……어라? 여러분, 왜 그러세요?"

그러나 그런 상황이 한동안 계속되자 하루미도 이상함을 깨달았다. 자신을 바라보는 세 사람의 시선을 느낀 하루미는 움직임을 멈추고 의아한 듯 고개를 갸웃했다.

"어, 아, 아니, 아무것도 아니다. 그대가 발전하는 모습을 확인했을 뿐이니라!"

"그그, 그래요! 저, 저처럼 운동이랑 친하지 않은 당신이, 몸을 어떤 식으로 움직이는지 보고 있었을 뿐이어요!"

"신경 쓰지 말고 계속하세요. 쉬는 동안 잠깐 봤을 뿐이니까요."

세 사람은 급하게 얼버무리고는 용수철 장난감처럼 어색한 동작으로 운동을 재개했다.

"아하…… 그런가요……?"

하루미는 그런 세 명의 모습을 보며 의아하게 생각했지만, 이내 기분을 전환하고 그녀도 운동을 재개했다. 그리고 하루미는 그 이후에도 귀엽고 부드러운 인상을 꾸준히 유지했다.

티아와 클란, 나나는 하루미의 여성스러운 면모가 어디에서 비롯된 것인지 알고 싶었다. 그녀의 반의반만큼이라도 따라가지 못하는 한 여성으로서 위기라는 점을 깨달았기 때문이다. 그러나 너무 대놓고 살펴보면 하루미가 당황하게 되어 가장 보고 싶은 여성스러운 면모가 희미해질지도 모른다. 그래서 세 사람은 머리를 맞대고 생각한 끝에 하루미와 함께 재활 훈련을 하며 그녀가 눈치채지 못하도록 관찰하기로 했다. 그리고 몰래 관찰하는 것은 클란의 주특기였다.

　"하루미, 일단 그대의 생각대로 자세를 잡아보거라."

　"어어…… 이런 식으로요?"

　척.

　"음, 스파이 영화에서는 그렇게 허리 부근에서 잡을 때가 많다만, 사실 그 자세는 실용성이 떨어지니라."

　"그래요?"

　"눈앞에 있는 상대라 해도 어디에 맞을지 모르니 말이지. 그렇게 들고 어디에 명중할지 상상할 수 있겠느냐?"

　"듣고 보니, 과녁을 아무렇게나 겨냥하고 있는 것 같네요."

　"조준기도 안 쓰고 있으니 말이지. 요컨대 그런 식으로 들게끔 설계된 것이 아니니라."

　"그럼 어떻게 들어야 할까요?"

　"주로 쓰는 눈으로 총을 뒤에서 보며, 총구 위에 있는 돌기와 총 후방에 있는 홈을 맞추는 게야. 그렇게 하면 자연히 그 앞에 있는 과녁에 명중하지."

"이렇게요?"

척.

"그렇지. 그다음은 조준의 정확도를 높이고 반동에 대비하기 위해서 양손으로 잡는 게 좋으니라."

"이렇게 조준하는 모습도 영화에서 본 것 같아요. 확실한 이유가 있는 자세였군요."

"바로 그러하니라. ……좋아, 시험 삼아 쏘아 보거라."

"하지만…… 쏘면 탄환이 발사되는 거죠?"

"걱정 말거라. 훈련용 총이고, 장전된 것은 페인트 탄이니까. 직접 경험해보지 않으면, 아무리 이론을 배워본들 완벽하게 이해하지 못하는 법이니라. 싸움이 벌어지면 마법으로 총의 작동을 방해하겠다고 하지 않았느냐?"

"그, 그랬죠. ……해볼게요."

철컥.

"무서워할 것 없다. 양손으로 제대로 들면 반동이 줄어드니까."

"그럼…… 쏠게요!"

탕!

"꺄아꺄아꺄악?! 나갔어, 탄이 나갔어?!"

"……뭐랄까, 어쩐지…… 사격하는 모습조차도 묘하게……. 그건 둘째치고, 그 모습을 보아하니 갈 길이 멀 것 같구나."

"클란 양, PAF의 어시스트를 살짝 약하게 조절할 수 있을까요?"

　"가능하여요. 그런데 왜 그러시죠?"

　"실은, 제힘만으로 팔굽혀펴기를 하면, 그게, 두세 번 만에 힘이 다 빠져버려서요…… 아하, 아하하하."

　"반복 수행할 수 없는 트레이닝은 의미가 없죠. 그렇다고 PAF가 통상 어시스트 상태여서야 운동이 되지 않을 테니까…… 잠시만 기다려주시길. 어시스트의 강도를 조정하겠사와요."

　"고맙습니다!"

　"어디 보자……."

　삑, 치치칙―.

　"……하루미의 행동에서 피드백 되는 레벨을 슬라이더로 조정할 수 있게 하면…… 어디…… 이렇게 하면 되려나?"

　삑, 삐삑.

　"하루미, PAF 발생기에 어시스트 강도 조정 슬라이더를 추가했사와요."

　"엣, 벌써 끝났어요?"

　"네. 새로운 코드를 하나 추가했을 뿐이니까요. 그래서 최강으로 하면 지금까지 대로고, 그걸 기준으로 어시스트 강도를 0퍼센트까지 자유롭게 변경할 수 있게끔 수정했답니다."

"고맙습니다, 바로 해볼게요!"

"너무 무리하지 않도록 주의하시길."

"네. 처음에는 절반 정도로……."

삐—.

"이거면 되겠지? 그럼 바로…… 후뉴우, 뉴뉴뉴뉴우우우웃."

"……뉴뉴?"

"늉뉴뉴뉴뉴뉴우우우우우웃."

"……이 반칙에 가까운 귀여움에도 조정용 슬라이더가 필요해 보이는군요……."

"나나, 혹시 그대가 구사하는 격투기는 자기류이냐?"

"네. 기초적인 부분을 훈련하긴 했지만, 마법사다 보니 격투기는 그렇게 제대로 배우진 않았어요."

"그리고 실전을 치르며 연마한 게로군."

"본격적으로 격투기를 훈련하지 않았다는 말을, 최대한 긍정적으로 표현하면 그렇게 되겠네요."

"아하, 그래서 동작에 일관성이 없는 것이었나."

"그걸 아시겠어요?"

"음. 격투기에는 유파마다 특정한 흐름이 있느니라. 그래서 이 기술을 이렇게 피한다면, 저 기술은 이렇게 날아올 가능성이 크다는 예측이 어느 정도 성립되지. 허나 그대의 공격은 예측이 쉽지 않더구나."

"상대의 동작을 흉내 내면서 습득한 것에 가깝다 보니 전반적인 격투 기술이 따로따로 놀게 된 게 아닐까 해요."

"음, 확실히 그러한 느낌이로군. 흐흥, 재미있구나. 좀 더 상대해주지 않겠느냐?"

"네, 기꺼이요."

투콱! 콰콰콱— 퍽!

"……하아…… 둘 다 대단하네요……."

"우리로선 따라갈 수 없는 세계로군요. 자신감을 잃었사와요."

"무슨 소리예요. 클란 양에겐 대단한 발명 실력이 있잖아요."

"하루미……."

"반면에 저는 평범한 여자아이의 틀을 벗어날 수가 없으니까…… 여러분을 알게 된 뒤로 역시 분수라는 게 있는 거구나, 라고 절실하게 느끼고 있어요."

"……우리에게는, 어떤 일을 하더라도 절대 여자아이의 틀에서 벗어나지 않는 하루미 쪽이 대단해 보이지만요……."

"네? 방금 뭐라고 하셨어요?"

"격투기를 못 하는 것 따위는 큰 문제가 아니라고 했사와요."

"바로 그 마음가짐이에요, 클란 양!"

"……우리의 문제는, 당신 같지 않다는 점이라고요……."

클란이 촬영한 하루미의 영상은 방대했다. 그리고 그 영상을 분석한 티아, 나나, 클란 세 명은 어느 한 가지 결론을 얻었다. 바로 이대로 독학을 계속해본들 자신들의 여성스러움이 개화하지 않으리라는 것이었다.

그 이후로도 나나의 재활 훈련은 건강진단과 함께 정기적으로 진행됐다. 하루미와 티아, 클란은 자연스럽게 거기에 어울렸다. 역시 나나가 안고 있는 문제는 간단히 무시할 수 없었다. 그리고 한 가지 더, 그녀들을 강하게 묶어주는 감정도 있었다. 그것은 하루미를 제외한 세 사람이 처한 어떤 특수한 사정과 관련된 것이었다.

"이대로는 끝이 없사와요."

"문제는 명백하니라."

"그걸 어떻게 해결하느냐가 관건이네요."

하루미가 정밀검사용 장치에 들어가 있는 동안 클란과 티아, 나나는 얼굴을 맞대고 논의했다. 세 사람은 진지했다.

"그건 그렇지만…… 어떻게 해결해야 좋을지, 뾰족한 수가 떠오르지 않사와요."

"사정이 사정이니 말이지."

"상담할 수 있는 상대도 한정적이고요."

하루미 몰래 그녀의 일상생활을 촬영하고 그것을 꼼꼼하게 분석한 끝에 세 사람은 어떤 결론에 도달했다. 바로 자신들에게는 여성스러움이 부족하다는 것. 그리고 이대로 내버려 둔다면 언제까지고 변하지 않으리라는 것이었다.

나나는 사춘기에 접어들 무렵에 이미 레인보우 하트의 아크 위저드로서 최전선에서 활약했기 때문에 소녀다운 놀이나 꾸미기와 인연이 없는 생활을 해왔다. 결과적으로 솔직하고 이해력이 뛰어난 어린아이가 그대로 어른이 되어버린 것에 가까웠기 때문에 여성스러움이 그다지 몸에 배어 있지 않았다.

티아도 나나와 비슷한 상황이라고 할 수 있으리라. 티아는 남들과 교류는 했지만, 어렸을 적부터 주위에 적이 가득한 환경에서 살아온 탓에 우호적인 교류는 거의 없었다. 소녀다움이란 우호적인 인간관계 속에서 생겨나는 것이므로, 티아의 경우는 지구에 온 뒤로 1년 남짓한 시간이 전부였다.

클란은 두 사람보다도 더욱 심각했다. 오래전부터 인간관계가 괴멸적인 데다 연구실에서 두문불출했기 때문에 소녀다움이 문제가 아니었다. 우선 바람직한 인간관계에 익숙해진 다음에 소녀다움을 몸에 배게 할 필요가 있었다. 결과적으로 보아 클란의 소녀다움은 이제 겨우 싹을 트느냐 마느냐 하는 단계였다.

"그렇다면 차라리…… 이렇게 하는 건 어떻겠느냐?"

"그래도 괜찮겠나요?"

"어차피 할 거라면 이상을 좇아야 할 것이고, 비밀리에 진행할 수도 있을 테니까."

"저는 찬성이에요. 지금까지의 흐름으로 미루어 봤을 때, 부탁하기 쉬울 것 같기도 하고요."

"알겠사와요. 저도 그게 마음이 편하겠군요."

"좋아, 결정되었군!"

이대로 자신들의 자연스러운 성장을 기다리면 많은 시간을 낭비하게 된다. 그러니 시급히 특단의 개선이 필요하다─세 사람의 의견은 일치했다. 그래서 그녀들은 창피함을 무릅쓰고 대담하기 그지없는 방법을 시도해보기로 마음먹었다.

하루미가 정밀검사용 장치에서 나오자 티아와 클란, 나나가 반겨주었다. 그러나 세 사람의 표정은 묘하게 딱딱했다. 그 점을 눈치챈 하루미는 살짝 불안에 사로잡혔다. 자연스레 자신의 검사결과가 나빴던 게 아닐까, 하고 생각한 것이다.

"저기…… 검사결과는 어떤가요?"

하루미가 조심스럽게 물었다. 세 사람이 하나같이 심각해 보이는 표정을 짓고 있었기 때문에 혹시나 하는 불안감이 고개를 들었다. 그 탓에 하루미의 목소리는 묘하게 갈라져 있었다.

"특별한 문제는 없었사와요."

"그런 것 같지 않은데요……."

클란은 즉시 부정했지만 하루미는 쉽게 받아들일 수 없었다. 문제가 없다는 대답과 세 사람의 표정이 일치하지 않았기 때문이다.

"아니, 그대의 몸에 문제가 없다는 말은 정말이니라. 사실은, 문제가 있는 것은 우리 쪽이지."

"여러분에게요?"

하루미는 티아의 말을 듣고 나서야 자기 몸에 문제가 없음을 확신했지만 걱정은 여전히 사그라지지 않았다. 티아 일행에게 무슨 문제가 생겨났다. ―그래서 하루미는 일단 숨을 깊이 들이마신 후 조심스럽게 물었다.

"무슨 일인가요?"

"실은 말이죠, 하루미 씨. 우리 셋에게는 어떤 공통적인 문제가 있어요."

하루미의 의문에 대답한 사람은 나나였다. 여기서는 가장 연장자인 그녀가 앞장서서 얘기할 생각이었다.

"그건 한 인간으로서 무척이나 중요한 문제죠."

"……중요한, 문제요……?"

하루미는 나나의 심각해 보이는 표정과 말투에 압도돼서 조금 전과는 또 다른 이유로 숨을 죽였다.

"그 문제를 해결하기 위해서, 당신에게 하나 부탁하고 싶은 게 있어요."

"무엇이든 말씀하세요."

하루미는 앞에 있는 세 명의 부탁을 거절할 이유가 없는 만큼 선뜻 고개를 끄덕였다. 그러자 나나는 살짝 안도한 모습으로 속사정을 이야기했다.

"우리 세 명의 재활을 도와주길 바라요."

"무슨 재활인가요?"

"소녀다움이요."

"네?"

"그러니까, 소녀다움을 재활하고 싶어요."

"네에에에에에에에엣?!"

전혀 예상치 못한 부탁이었기 때문에, 평소에는 조용하고 조심스러운 하루미조차 자기도 모르게 목소리를 높이며 크게 놀랐다.

"소녀다움이라니, 여러분은 어딜 어떻게 봐도 소녀잖아요?!"

"그게 문제인 거예요. 그…… 외모를 제외한 부분에서 소녀다움이 부족하다는 사실을 알아차리는 바람에…… 그러니까…….”

언제나 의젓하고 당당하게 행동하는 나나도 이 순간만큼은 쑥스러움을 감추지 못했다. 양 손끝을 맞붙이고 꼼지락거리며 뺨을 붉히고 눈을 홉떠서 하루미를 쳐다보았다. 제아무리 연장자인 나나라지만 자신의 결점, 특히 여성적인 면모가 부족하다는 사실을 고백하는 것은 창피한 일이었다. 티아와 클란이라고 예외는 아니었기 때문에, 둘 다 나나처럼 얼굴을 붉힌 채 쑥스러워하고 있었다.

“……그러니까…… 외모 말고도 특출하게 소녀다운 하루미 씨에게, 그 비결을 배울 수 없을까 해서요…….”

“그렇게 말씀하셔도…….”

자초지종을 들은 뒤에도 하루미는 곤혹스러운 듯했다. 하루미는 의식해서 소녀답게 행동하는 게 아니었다. 그래서 가르쳐달라는 말을 들어도 무엇을 가르쳐줘야 할지 도무지 알 수 없었다.

“잘 알려드릴 자신이 없어요.”

“함께 다니면서, 당신이라면 어떤 상황에서 어떻게 행동할지 보여주셨으면 해요. 그리고 당신이라면 피할 행동을 우리가 하게 되었을 때 그걸 지적해주세요. 다른 재활 훈련이랑 같이해도 괜찮아요!”

“그래! 할 수 있는 데까지만이라도 상관없느니라!”

"이대로 내버려 두는 것보다는 조금이라도 손을 쓰는 게 좋을 것이어요!"

하지만 세 사람은 하루미가 자신이 있건 없건 재활을 부탁할 수밖에 없었다. 아무것도 하지 않으면 이 상태에서 벗어날 수 없다. 그 점을 문제시하고 있으니 조금이라도 진보하기를 바라는 것은 당연하리라.

"하지만 그런 문제라면 쿠라노 양이나 다른 분에게 부탁하는 편이 낫지 않나요?"

하루미가 부탁했을 때 키리하는 악녀 훈련을 해주었다. 그러니 소녀다움을 개화시키는 방법도 키리하라면 분명 생각해줄 터였다.

"그렇다 해도 결국 마지막에는 하루미 씨에게 부탁할 수밖에 없어요! 제발 도와주세요!"

티아와 클란, 나나가 본 바로는 소녀다움이라는 분야에서는 하루미가 제일 뛰어났다. 그 키리하 이상이었다. 키리하는 정신연령이 높은 만큼 소녀보다는 성인 여성의 분위기를 풍기기 때문이다. 셋에게 필요한 것은 어디까지나 소녀다움이지 성인 여성다움이 아니었다.

"아, 으음……."

하루미는 고민에 잠겼다. 가르쳐줄 자신은 없어도 세 사람이 얼마나 진지한지는 잘 느껴졌다. 딱 잘라 거절하면 안 되는 내용일 터였다. 한참 고민한 끝에, 하루미는 어느 조건을 내걸고 재활 지도를 떠맡기로 마음먹었다.

"……알겠습니다, 도와드릴게요."

"정말로요?!"

"잘 생각했다, 하루미!"

"살았사와요!!"

"대신 조건이 있어요."

"뭐든 말씀하세요."

나나는 어떤 조건인지 들어보지도 않고 즉시 고개를 끄덕였다. 소녀다움의 습득은 그 정도로 절실한 소원이었다. 이는 티아와 클란도 마찬가지였다.

"제가 여러분에게 소녀다움에 대해 가르쳐드리는 대신에, 저도 여러분께 배우고 싶은 게 있어요."

"무엇이죠?"

"나나 씨에게는, 거침없이 싸우는 비결을 배우고 싶어요."

실은 하루미도 비슷한 고민을 품고 있었다. 자신이 아무리 최선을 다해도 소녀다운 행동밖에 하지 못한다는 점이었다.

싸움이 벌어지면 하루미도 필사적으로 노력하지만, 나나처럼 스마트하게 싸우지는 못한다. 아무래도 일반인의 틀에서 벗어나지 못하고, 눈에 보이는 것에만 필사적으로 대응하다가 끝나버린다. 그래서 모두에게 도움이 되려면 이대로는 부족하다는 생각을 늘 하고 있었다.

"티어밀리스 양에게는, 적극적인 인간관계를 배우고 싶어요."

하루미가 티아에게서 배우고 싶은 것은, 어떻게 보면 공격적으로마저 느껴지는 대인관계를 구축하는 방법이었다. 하루미는 온화하고 소심하다 보니 아무래도 매번 기다리는 쪽에 서는 경향이 강했다. 그것이 스포츠건 싸움이건 다른 사람들과 교류하는 방법이건, 계속 기다리기만 한다면 그다음 전개가 좁은 범위로 제한되고 말 것이다. 그래서 하루미는 늘 티아처럼 자기 손으로 인간관계를 개척하는 힘을 가지고 싶었다.

"그리고 클란 씨에게는, 사토미 군의 장난 대상이 되는 방법을 배우고 싶어요."

클란에게 배우고 싶은 것은, 앞서 말한 두 개에 비하면 대단히 제한적인 영역에서 필요한 것이었다. 클란은 특별히 어떠한 행동을 하지 않아도 코타로의 장난 대상이 되는 특이한 재능을 가졌다. 하루미는 항상 그런 클란이 부러웠다. 하루미에게는 좀처럼 그런 행동을 해주지 않기 때문에, 특별한 비결이 있다면 알고 싶었다.

"거침없이 싸우는 비결…… 생각해본 적은 없지만…….."

"그런 건 그냥 괴롭힘일 뿐이어요! 당신은 존경받고 있어서 놀림당하지 않을 뿐이라고요!"

"진정하거라, 클란. 소녀들이 요청한 가르침도 그러한 부류이니, 거래 조건으로써 정당하니라."

"알고 있사와요, 정말."

다소 감정적으로 되는 부분도 있었지만, 세 사람 다 하루미의 요구에 응할 생각이었다. 가르침을 요청하는 이상 상응하는 대가가 필요하기 마련이다.

　"하루미 씨, 우리는 그 조건을 받아들이겠어요."

　"네, 다 같이 열심히 해봐요."

　이야기가 정리되자 하루미는 기쁘게 웃었다. 처음에는 비록 크게 당황하긴 했지만, 결국 해야 할 일은 네 명이 함께 즐겁게 보내는 것임을 이해했기 때문이다. 소녀다움, 스마트함, 격렬한 대인관계, 장난 대상이 되는 방법. 그 모두가 그저 차를 마시면서, 혹은 놀면서 습득할 수 있는 것이었다.

　"이걸로 조금이라도 소녀다워질 수 있으면 좋겠네요."

　"무슨 일이든 하면 되는 법이니라."

　"정말이지, 그 진취적인 성격이 부럽사와요……."

　그리고 그 마음은 나나를 비롯한 세 명에게도 전달되었다. 이윽고 세 사람 전부 하루미와 입을 모아 웃기 시작했다. 그것이야말로 지금 네 사람에게 필요한 것이었다.

　"그럼 바로 시작해볼까요…… 벨트리온이 배를 드러낸 채 자고 있을 때, 가장 적절한 대응은 무엇인가요?"

　"저는 아직 그런 상황에 맞닥뜨려본 적이 없어서…… 티어밀리스 양이라면 어떻게 하시겠어요?"

　"그 상황이라면…… 다이빙 보디프레스를 해야겠구나. 하루미는?"

"다, 다이빙……?! 앗, 저, 저기, 저라면 이불을 덮어주겠어요."

네 소녀는 차와 과자를 먹으며 의논인지 잡담인지 모를 이야기를 이러쿵저러쿵 떠들면서 시간을 보냈다. 그것은 나나가 지금까지 그다지 경험해보지 못한 시간이었기에 신선하고 인상적이었다.

─만약 내가 평범한 소녀로 태어나서 학교에 다녔다면……어쩌면 이런 삶을 보낼 수도 있었을까…….

나나는 그제야 겨우 자신에게 정말 필요한 재활 훈련이 무엇이었는지 알 것 같았다. 소녀다움 같은 것은 사실 큰 문제가 아니었다. 그녀에게 정말로 필요했던 것은 이렇게 친구들과 함께 보내는 시간. 분명 우정의 재활이야말로 나나에게 필요한 것이었으리라.

"하지만 그렇게 하면 나중에 벨트리온이 이러니저러니 투덜거리잖아요?"

"네에? 저는 감사 인사밖에 들어본 적 없는데요……."

"하루미 보정이로구나."

"지금까지 쌓아 올린 이미지가 중요한 것 아닐까요?"

"벨트리온은 하루미에게만 다정하다고요!"

"……클란 양이 부러워요……."

"뭘 부러워하는 건가요!!"

하지만 나나는 그 진실을 가슴 깊이 몰래 묻어두었다. 입

밖으로 꺼내면 모처럼 시작된 우정의 재활 훈련에 지장을 초래할지도 모르니까. 나나가 친구를 사귀게 된 것은 유리카 이래로 처음이리라. 그런 친구들과 대화하는 시간을, 나나는 되도록 오랫동안 음미하고 싶었다.

Episode 2
돌아갈 때까지 들르고 싶은 여러 장소

　코타로 일행이 사는 킷쇼하루카제시에도 여러 산이 있다. 하지만 등산할 만한 산이 아니라, 가벼운 하이킹을 즐길 수 있는 언덕과 산의 중간에 가깝다. 만약 본격적인 등산을 하고 싶다면 인근 도시까지 가야 한다. 그곳은 북쪽 경사면이 그대로 산으로 연결되어 있다. 이 산의 해발고도는 비록 2천 미터도 안 되지만, 적당한 기복 덕분에 오르는 맛이 있어 이 지역에서는 인기 있는 등산 명소다. 그리고 이 산이 사람을 끌어들이는 큰 이유가 하나 더 있다.

　『이번 가을에는 마루카와다케 온천 마을로 놀러 오세요! 풍부한 수량, 뛰어난 효능을 자랑하는 온천과 산의 은총이 당신의 지친 마음과 몸을 힐링! 돌아가시는 길에는 인기 만점 검은 온천 달걀을 잊지 마세요!』

106호실에 비치된 작은 TV에서 그 이유가 흘러나오고 있었다. 이웃 도시의 산에는 온천이 있는데, 그곳은 인기 있는 관광 명소다. 토요일에 등산한 후 온천 여관에서 1박. 그것이 대표적인 관광 스케줄이다.

『……검은 온천 달걀?』

시즈카의 눈을 통해 별생각 없이 TV를 보던 화룡제 아르나이아는 그 신기한 물체에 시선을 고정했다. 그것은 이름처럼 새까맣게 변한 달걀이었다.

"어라, 아저씨 온천 달걀 본 적 없던가요?"

같은 화면을 보고 있던 시즈카는 마치 눈앞에 아르나이아가 있는 것처럼 그의 혼잣말에 대답했다. 부드러운 시즈카의 목소리는 그녀가 편안한 상태임을 알려주었다.

『그래. 온천 달걀이라는 게 무엇이냐?』

아르나이아가 말하는 동시에 묘하게 둥그스름하게 생긴 그가 시즈카 앞에 나타났다. 그 크기는 30센티미터 남짓. 겉모습과 사이즈 전부 봉제 인형으로밖에 보이지 않았다. 그것은 대화할 때 편리하게끔 아르나이아가 만든 환영이었다. 아르나이아는 목소리의 발원지와 시점을 그 환영으로 옮길 수 있다. 카메라와 마이크, 스피커를 부착한 봉제 인형이라고 생각하면 알맞으리라.

"어디 보자, 온천 달걀이라는 건 크게 두 종류가 있는데—"

시즈카는 그런 귀여운 아르나이아를 미소를 머금고 바라

보며 그의 의문에 대답해주었다. 봉제 인형처럼 생긴 아르나이아는 그 이야기를 흥미진진하게 들었다. 최근 그 둘은 그렇게 진짜 삼촌과 조카처럼 보내게 되었다.

"—흔히 볼 수 있는 건 달걀노른자만 익히고 흰자는 반숙으로 남기는, 조금 별난 삶은 달걀이에요."

『노른자만 익힌다고…… 그런 게 가능하단 말이냐?』

"네. 실은 달걀노른자랑 흰자는 익는 온도가 다르거든요. 그걸 잘 이용하면 노른자만 익힐 수 있어요."

『그렇군, 노른자 쪽이 저온에서 익기 시작하는 게로구나.』

"맞아요. 궁금하시면 나중에 만들어 드릴까요?"

『부탁하마. 무척 궁금하구나.』

"후후후, 알았어요. 그래서 말이죠, 아저씨. 아까 광고에서 보여준 건 그렇지 않은 온천 달걀이에요."

『확실히, 두 종류 있다고 했지. 다른 쪽이란 얘기로군.』

"네. 온천지역에서는 온천수로 삶거나 쪄서 만드는 삶은 달걀도 온천 달걀이라고 불러요. 아까 본 검은 온천 달걀은 온천 성분 때문에 껍데기가 까맣게 변색한 거예요."

『호오호오…… 그쪽은 온천 풍미의 삶은 달걀이란 말이냐.』

"정답이에요. 이건 집에서는 만들 수 없으니까 직접 가볼 수밖에 없죠."

『그렇구먼…….』

아르나이아의 눈이 번쩍 빛났다. 그리고 그 초롱초롱한

눈동자가 다시 TV 쪽으로 움직였다. 광고는 이미 지나간 뒤였지만, 그의 의식이 온천 달걀을 향하고 있다는 것은 불을 보듯 뻔했다.

"후후후, 아저씨도 참……."

시즈카는 그런 아르나이아를 보며 미소 지었다. 가까이에 코타로가 있는 덕분에 시즈카는 그런 남성 특유의 반응에 눈치가 빨랐다. 같은 이유에서 그녀는 다음날에 온천 안내 책자를 사게 된다. 늘 신세를 지고 있으니, 보답으로도 알맞겠다고 생각해서 한 일이었다.

평소에는 시즈카 안에 있는 아르나이아는 온천 안내 책자를 손에 넣은 뒤로 예의 봉제 인형 같은 모습으로 지낼 때가 많아졌다. 안내 책자를 읽겠답시고 굳이 시즈카를 귀찮게 할 수는 없다는 게 이유였다.

『흐흠…… 먼저 껍데기에 철분이 흡수되고, 그게 황화수소와 반응해서 황화철이…….』

봉제 인형으로만 보이는 아르나이아가 밥상 위에 앉아 온천 안내 책자를 읽고 있는 모습은 대단히 유머러스하며 비현실적이었다.

『황화수소…… 시즈카, 황화수소가 무엇이냐?』

"황화수소는…… 황과 반응한 수소예요."

『황과 반응한 수소가 무엇이냐?』

"키리하, 도와줘~!!"

안내 책자를 읽기 시작한 아르나이아는 이따금 페이지를 넘기다 말고 옆에 있는 시즈카에게 질문을 던졌다. 화룡제는 지구의 정보에 어두웠기 때문에 질문 빈도가 잦았다. 태반은 일반상식이라 문제없었지만, 온천 성분이나 효능 등의 이야기로 넘어가자 시즈카로서는 대답해줄 수 없는 내용이 적지 않았다. 그래서 방에서 빨래를 개고 있던 키리하가 나서게 되었다.

"아르나이아 님, 황화수소란 폭발성 기체와 황이 결합해서 생성되는 인간에게 유독한 기체입니다."

『폭발성 기체?』

"물에 전기를 통하게 하면, 증발할 때와는 다른 기체가 발생한다는 건 아시는지요?"

『알지. 뇌정왕(雷霆王) 녀석이 물가에 있으면 그리 되거든.』

"그때 발생하는 기체는 두 종류입니다. 물질을 태우거나 인간이 호흡할 때 쓰는 산소. 그리고 폭발하는 수소지요."

『그렇다면, 뇌정왕 녀석이 물가에 있을 때 불을 붙이면 폭발한다는 말인가?』

"혼합비에 따라 다르겠지만, 이론상으로는 그럴 것입니다."

『이거 좋은 정보를 알게 됐군! 다음에 해봐야겠어!』

"……아저씨이……."

"그 수소와 황이 결합한 기체가 황화수소입니다. 부식성 기체라서 철과 반응하면 까맣게 변하지요."

『잘 알았다. 설명해줘서 고맙네.』

키리하의 간결한 설명 덕분에 의문이 해소된 아르나이아는 기분 좋게 안내 책자 독서를 재개했다. 그것을 본 키리하는 살짝 미소 지은 후 자기도 세탁물 개는 작업으로 복귀했다.

"고마워, 키리하."

아르나이아가 무사히 독서를 재개하자 시즈카는 안도했다. 그러자 키리하는 코타로의 셔츠를 개면서 시즈카를 보며 웃었다.

"뭐, 이 나라를 좋아해 주는 것은 좋은 일이니까."

"언젠가 용들이 우르르 놀러 오거나 하는 거 아니야?"

"그리고 시즈카는 질문 공세에 빠지게 되겠군."

"정말, 말이 씨가 되면 어쩌려구—."

용들의 방문에 관해서 시즈카는 농담인 양 웃었지만, 키리하 쪽은 의외로 가능성이 크다고 생각했다. 아르나이아의 모습에서는 키리하가 그렇게 생각하기에 충분한 열의가 느껴졌다.

"아르나이아 님, 다 됐어요—."

『오오, 드디어!』

그때 단칸방에 루스가 들어왔다. 그녀가 들고 있는 쟁반

위에는 그릇 몇 개와 껍데기를 벗기지 않은 달걀이 있었다.

『호오…… 이게 온천 달걀 A패턴인가.』

아르나이아는 밥상 위로 올라가 루스가 가져온 쟁반을 보았다. 쟁반에 담긴 것은 노른자만 익힌 보편적인 온천 달걀. 아르나이아처럼 일본 문화에 관심이 많은 루스가 요리법을 익혀서 도전해본 것이었다.

"잘 되었으면 좋겠는데……."

콩콩, 빠각.

눈을 빛내는 아르나이아가 지켜보는 가운데 루스가 신중하게 달걀 껍데기를 벗겼다. 70도 이하에서 30분 유지. 루스는 시즈카가 알려준 대로 만들었지만, 처음 만들어본 것이라 적잖이 긴장하고 있었다.

『오오!』

"잘 만들어졌네요!"

아르나이아와 루스가 동시에 기쁘게 소리쳤다. 껍데기를 벗긴 달걀은 흰자가 걸쭉한 그대로 노른자는 구형을 유지하고 있었다. 조리 사진에서 본 것과 똑같은 제대로 된 온천 달걀이었다.

『시즈카, 빠, 빨리 먹어다오!』

"네네, 알았어요~."

시즈카는 쿡쿡 웃으며 달걀을 담은 그릇을 손에 들었다. 아르나이아는 미각을 시즈카에게 의존하고 있는 탓에 그녀가 먹어줄 필요가 있었다.

"시즈카 님, 이걸 드세요."

"고마워, 루스 씨."

루스가 시즈카의 온천 달걀에 소스를 뿌려주었다. 그냥 간장을 뿌려 먹는 것은 시시하므로 가다랑어포와 다시마로 제대로 된 육수를 내고, 거기에 간장과 맛술을 더해서 전용 소스를 만들었다. 이것도 후학을 위해서 루스가 만든 것이었다.

『이게 온천 달걀A⋯⋯.』

"그럼 먹을게요."

아르나이아의 초롱초롱한 시선을 받으며 시즈카가 숟가락을 달걀에 꽂았다. 노른자는 구형을 유지하고 있지만 속까지 완전히 익은 것은 아니었다. 약간 단단한 크림에 가까운 노른자가 숟가락 위에 올라갔다.

『오오⋯⋯.』

"잘 먹겠습니다—!"

시즈카는 숟가락을 입으로 옮겼다. 가장 먼저 간장과 가다랑어포, 다시마의 향이 입안 가득 퍼졌다. 그리고 그 너머에서 눅진하고 농후한 맛의 노른자가 모습을 드러냈다. 소스에 약간 들어간 설탕이 맛을 부드럽게 해준 덕분에 소스가 노른자의 섬세한 맛을 해치는 일은 없었다. 두 가지가 알맞은 균형으로 섞여서 절묘한 맛을 자아냈다.

『이, 이것은?!』

아르나이아는 초롱초롱한 눈을 크게 떴다. 온천 달걀의 맛은 시즈카를 통해서 아르나이아에게도 전달되었다. 그것은 지금까지 그가 맛본 적 없는 미지의 맛이었다.

『맛있어!! 이것이 온천 달걀인가!!』

　아르나이아는 이 신기한 먹거리에 완전히 마음을 빼앗겼다. 외양과 맛 모두가 아르나이아의 취향에 딱 맞았다. 그리고 이 요리를 낳은 것이 달걀이라는 흔한 재료라는 점도 높게 평가하는 요소였다. 지금 그는 완전히 온천 달걀의 포로였다.

『고맙구나, 루스!! 나는 지금까지 이렇게 신기하고 맛있는 먹거리를 먹어본 적이 없어!』

"마음에 들어 하셔서 다행이에요."

『좀 더 다오!』

"자, 잠깐만요, 아저씨?!"

『좋지 않으냐, 좋지 않으냐!』

"꺄~~~!!"

　온천 달걀에 홀딱 빠진 아르나이아는 시즈카의 몸을 멋대로 움직여서 온천 달걀을 마구 먹어치웠다. 그 기세는 시즈카가 진지하게 체중을 걱정하게 될 정도였다.

온천 달걀이라는 식문화에 마음을 빼앗긴 화룡제 아르나이아가 실제로 온천에 가고 싶어지기까지는 그리 오래 걸리지 않았다. 온천 달걀에는 크게 두 종류가 존재하지만, 그는 둘 중에 가정에서도 만들 수 있는 쪽밖에 먹어보지 못했다. 그래서 온천수로 만드는 온천 달걀도 먹어보고 싶어서 견딜 수가 없었다.

『어딘지 모르게 내 보금자리가 떠오르는 풍경이로구나.』

그것이 온천 마을에 도착한 아르나이아의 첫마디였다. 시즈카의 눈을 통해 본 온천 마을의 풍경은 신기하게도 그의 고향과 흡사했다.

"아저씨 고향도 이런 바위산이에요?"

『그래. 화산에 살았으니까 말이다. 울퉁불퉁한 바위들이 무척 닮았구나. 물론 살아있는 식물이나 건물 등은 거의 다 낯설다마는.』

"그것까지 닮으면 온 보람이 없잖아요."

『지당한 이야기로구먼.』

버스에서 내려 이목이 줄어들자 아르나이아는 예의 봉제 인형이 생각나는 환영을 만들어서 시즈카의 어깨에 앉았다. 멀리서는 진짜 봉제 인형으로만 보이기 때문에, 섣불리 움직이며 돌아다니지만 않는다면 주위를 시끄럽게 만들 우려는 없었다. 환영을 만든 이유는 그편이 대화를 나눌 때 편하기 때문이다. 한동안 그렇게 해보고서 알게 된 점인데, 역시 시선과 말을 보낼 대상이 있을 때 커뮤니케이션을 취하기 좋았다. 시즈카 혼자일 때는 괜찮더라도, 다른 사람과 있는 경우에는 그런 경향이 특히 강했다.

"어디에서 사셨나요? 알라이아 님의 수기에는 화산이라고만 적혀있었는데……."

루스는 그 아르나이아의 환영을 보며 말했다. 환영 덕분에 그것만으로도 누구에게 말하는지 알 수 있었다. 만약 환영이 없다면 누구에게 하는 말인지 미리 알릴 필요가 있었으리라.

『너희가 남방련산이라 부르는 주변에서 살았지.』

"아아, 그러고 보니 그 일대에는 화산이 많죠."

『덕분에 기온이 높아서 살기 좋았어.』

"하지만…… 확실히 기온이 내려가서, 다른 세계로 이주했다고 말씀하셨었지요?"

키리하가 대화에 끼어들었다. 시즈카, 아르나이아의 동행인은 루스와 키리하 둘 뿐이었다. 다른 인원들은 사정이 여의치 않아 오지 않았다. 결과적으로 온천 마을을 느긋하게 즐기기에 알맞은 멤버였다.

『그래. 기온이 내려가기 시작하고 화산 활동이 둔해진 탓에 이주를 결정했지.』

"포르트제는 수만 년 주기로 평균기온이 낮아지는 시기가 돌아와요. 그리고 수천 년 전부터 그 조짐을 보인다고 하죠.

본격적인 변화는 훨씬 나중인 모양이지만요."

"지구로 비유하자면, 빙하기의 징조를 알아차리고 이주를 결정하셨다는 것이군요."

『추운 시기를 따듯한 곳에서 보내고 싶다고 생각하는 것은 다들 똑같을 테지.』

"그 기분 충분히 이해해요. 저도 추운 건 질색이니까."

세 사람과 한 마리는 두서없는 이야기를 나누며 버스정류장에서 뻗은 완만한 오르막길을 올랐다. 그 앞에 있는 온천 마을에 오늘 묵을 숙소가 있다. 그곳에서 소녀들은 온천을 즐기고 화룡제는 온천 달걀을 즐길 예정이었다.

온천 마을에 들어서자 아르나이아는 흥미롭게 주위를 둘러보기 시작했다. 미리 안내 책자를 보며 예습했는데, 실제로 보니 인상이 상당히 달랐다. 그리고 아무리 안내 책자라 해도 모든 것이 망라되어있는 것은 아니므로, 거기에 있는 것은 온통 아르나이아가 처음 보는 것뿐이었다.

『시즈카, 시즈카!! 온천 만쥬가 갈색이 아니구나!! 어떻게 된 것이냐?!』

"지, 진정하세요, 아저씨! 그렇게 움직이면 들킨다구요!"

흥분한 아르나이아는 마치 어린아이처럼 새로운 물건을

볼 때마다 관심을 드러내고 시즈카를 들볶았다. 용족의 생활상과 도시 생활은 너무나 동떨어진 탓에 거의 관심을 두지 않았지만, 온천 마을의 분위기는 아르나이아의 관심을 알맞게 끌어당겼다. 심플함이 마음에 들었기 때문이지만, 시즈카에게는 재난이 따로 없는 상황이었다.

"후후후, 놀러 나갔을 때의 각하와 티아 전하 같네요."

"용이어도 남자아이라는 것이겠지."

"남자아이…… 전하께서 들으시면 화내실 거예요."

"그대라면 비밀로 해줄 거로 생각한다."

"아하하, 그렇게 할게요."

키리하와 루스가 웃음을 터뜨린 바로 그때였다.

찰칵.

키리하 가방의 잠금장치가 저절로 풀리더니 안에서 작은 소리가 나왔다.

『누님, 아직 나오면 안 되냐호?』

『괴수 아저씨만 치사하다호—!』

"그렇군. 좋아, 나와도 괜찮다."

『호—!』

『호호—!』

슬쩍 주위를 둘러본 키리하가 가방을 활짝 열자 안에서 두 하니와가 튀어나왔다. 하니와들은 들고 있던 휴대용 게임기와 음악 플레이어를 가방 안에 넣고 아르나이아 쪽으로 날아갔다.

『색이 다른 온천 만쥬는 어떤 거냐호—!』

『저것이다. 갈색만 있는 줄 알았는데 여기 것은 하얗구나.』

『진짜다호—! 먹어보고 싶다호—!』

아르나이아와 하니와들이 나란히 있는 모습은 완전히 봉제 인형 집단으로밖에 보이지 않았다. 아이들 눈에 띄면 난리가 날 테지만, 다행히 이곳은 온천 마을이라 아이들이 많지 않았다. 설령 눈에 띄더라도 이 한 마리와 두 대는 모습을 숨길 수 있으니 큰 문제는 없을 터였다.

『좋아, 바로 가볼까.』

『가자호—!』

『역시 제왕이다호! 믿음직스럽다호—!』

"앗, 잠깐만, 다들 기다려 보라니까요!"

오히려 문제는 시즈카 쪽이었는데, 마음대로 행동하는 화룡제와 두 대의 공동행동에 마구 휘둘리고 있었다.

"……키리하 님, 하니와들도 남자아이로 인식하면 될까요?"

"음. 일단 그렇게 되어 있지."

루스와 키리하가 지켜보는 가운데 시즈카는 아르나이아와 하니와를 좇아 우왕좌왕하고 있다. 시즈카에게는 미안한 얘기지만, 두 사람에게는 무척이나 흐뭇한 광경이었다.

아르나이아가 마력으로 만든 봉제 인형 같은 모습은 의사 표현과 대화의 편의성을 위한 환영이다. 그래서 감각적인 부분은 거의 시즈카에게 의존하고 있다. 예를 들어 음식 맛을 알려면 시즈카가 먹어야 하는 식이다. 그리고 그것은 온천에도 그대로 적용되었다.

『……지금까지 별로 주목하지 않았는데, 온천이라는 것도 제법 괜찮구나.』

가까이에서 온천을 즐기는 시즈카의 감각을 읽어낸 아르나이아는 온천이 마음에 든 모양이었다. 기분이 좋아진 그는 봉제 인형 같은 모습으로 온천 수면을 헤엄쳤다. 환영이니만큼 그런다고 물결이 일거나 요란한 소리가 나지는 않았지만, 시즈카는 그런 그에게 주의를 주었다.

"아저씨, 온천 안에서는 얌전히 있는 게 예의예요."

『어이쿠, 그러냐. 미안하다. 저들이 즐거워 보여서 무심결에 따라했구나.』

『헤엄쳐도 될 정도로 넓은 목욕탕이다호─!』

『제트 추진이다호─!』

아르나이아는 하니와들을 흉내 냈을 뿐이지 별다른 의도는 없었다. 그리고 얌전히 있는 게 예의라면 그것을 받아들일 도량이 있었다. 아르나이아는 헤엄을 멈추고 수면을 둥실둥실 떠다니기 시작했다.

"카라마랑 코라마도 얌전히 있어."

『미안하다호―.』

『시즈카의 부탁이라면 거절할 수 없다호―.』

하니와들도 시즈카가 주의를 주자 순순히 아르나이아처럼 헤엄을 멈추고 수면을 떠다니기 시작했다. 그 모습은 흡사 연못에 던져진 페트병 같았다. 그리고 그런 두 하니와를 보며 키리하는 쓴웃음을 지었다.

"미안하다, 시즈카."

키리하는 이 멤버 중에서는 가장 머리카락이 길다. 그러다 보니 머리를 감는 데 시간이 오래 걸린 탓에 하니와들의 소동을 막지 못했다.

"원래는 내가 감독해야 하는데."

"괜찮아, 그 멋진 머리를 감는 시간 정도쯤은. 그리고 빈틈없이 신경 써서 통째로 빌려줬으니까."

수수께끼의 생물과 하니와를 데리고 있는 만큼 키리하는 다른 손님을 놀라게 하지 않게끔 연줄을 이용해서 욕탕을 통째로 빌렸다. 이곳은 예전에 지상으로 진출한 대지의 백성이 경영하는 온천이었다. 그렇게 손을 써준 시점에서 시즈카는 키리하가 자기 역할을 충분히 다했다고 생각했다.

"그렇게 말해줘서 고맙군."

"너무 신경 쓰지 마."

"맞아요. 이번 여행 계획은 전부 키리하 님께서 짜주셨잖아요."

이번에 키리하는 온천 전세만이 아니라 미니 여행 계획을 전부 도맡아 짜주었다. 그녀는 각 방면에 손을 써서 아르나이아와 시즈카, 루스의 희망 사항이 최대한 충족되게끔 조정해주었다. 하니와들이 조금 떠드는 정도로 그 점에 대한 감사의 마음이 흔들리는 일은 없었다.

"계획 얘기가 나와서 말인데, 루스 씨의 희망 사항은 뭐였어?"

"아, 그건……."

갑자기 화제가 자기 쪽으로 오자 루스는 무심코 대답을 망설였다. 아르나이아는 온천 달걀, 시즈카는 기왕이면 온천에도 들어가고 싶다는 게 희망 사항이었다. 당연히 루스도 무언가 희망 사항이 있을 것이다. 시즈카는 그게 무엇인지 궁금했다.

"루스의 희망 사항은 신사다."

루스가 좀처럼 대답하지 못하자 키리하가 대신 대답해주었다. 계획을 짠 사람은 그녀이기 때문에 루스의 희망 사항도 당연히 알고 있었다.

"신사? 헤에, 수수한 장소를 골랐구나."

"그게…… 그러니까, 네……."

화제로서는 특별히 문제가 될 만한 내용은 아니었다. 그러나 어째서인지 루스는 살짝 얼굴을 붉히며 눈을 내리떴다.

그런 그녀의 모습을 보고 시즈카는 퍼뜩 떠올렸다.

"그으러고보니이…… 분명 관광 안내 팸플릿에, 요 근처에 연애 성취의 신을 모시는 신사가 있다고 쓰여 있었지이."

시즈카는 짓궂게 웃으며 그렇게 말하고는 팔꿈치로 슬쩍 루스를 찔렀다.

"우웃?!"

그러자 루스는 순간적으로 두 눈을 동그랗게 뜨고는 도망치려는 듯이 몸을 움츠리고 시선을 수면으로 떨구었다. 그녀의 얼굴은 한계까지 붉게 달아올랐고, 붉은 범위는 귓가에 이를 정도였다. 그런 반응이라면 대답은 불을 보듯 뻔했다.

"루스 씨, 역시 사랑을 성취하고 싶은 거야?"

시즈카는 물기를 짜낸 수건을 마이크처럼 들고 루스에게 내밀었다. 그러자 루스는 곁눈으로 수건을 슬쩍 쳐다본 후 쥐어 짜내듯 대답했다.

"으으, 네. 하지만 그건…… 여러분도 같지 않으신가요?"

"그렇지. 나는 성취하지 못하면 곤란해."

루스와 다르게 키리하는 자신의 소망을 선뜻 인정했다. 키리하는 어렸을 적부터 간직해온 강한 마음을 버릴 수 없었다.

"그러네에…… 그 사람을, 그대로 내버려 두면 안 되겠지."

시즈카도 자신의 감정을 인정했지만 키리하만큼 직설적으로 표현하지는 못했다. 루스와 키리하의 중간 정도라고 할 수 있으리라.

"그래서…… 이젠 누구라도 좋으니까, 어떻게든 해주세요! 라는 기도라도 하고 올까 해서요……."

"루스 씨는 그걸로 만족해?"

"그분은 늘 자신을 뒤로 미루시니까, 제 마음도 뒤로 미뤄도 상관없어요. 그리고 저는 그…… 원래부터 전하의 덤이라도 상관없달까, 두 번째 부인 지망이랄까……."

"그 마음은 잘 안다."

"다들 생각하는 건 비슷한가 보네에……."

루스도, 키리하도, 시즈카도, 자신만 행복해지기 위한 선택은 허무하다고 생각했다. 어떤 경우에도 모두 함께 행복해져야 의미가 있는 법이다. 그 대상이 사랑하는 사람이라면 더 말할 것도 없으리라.

"결국, 서로를 자기 자신보다도 소중히 여기기 때문이란 말이로군."

"제 생각은 그래요. 그리고 그렇게 되기를 바라고 있어요."

"그럼, 내일은 셋이 같이 신사에 가서 기도하자!"

『내 온천 달걀도 잊지 말아다오.』

『온천 하니와다호—.』

『딱 알맞게 삶아졌다호—.』

전세를 낸 온천에 여섯 개의 목소리가 울려 퍼졌다. 그 목소리는 어느 것이나 밝고, 기운차고, 한없이 즐겁게 들렸다.

친한 친구들과 함께 느긋하게 온천에 몸을 담그는 여유. 수많은 사건과 맞닥뜨려온 그녀들이 쉽게 얻을 수 없는 시간. 세 명과 한 마리와 두 대는 그 시간을 마음껏 만끽했다.

　여관에서 묵는 동안에는 아침 식사 준비를 할 필요가 없는 까닭에 키리하와 루스, 시즈카는 여느 때보다 느긋한 아침을 맞이했다. 여관에서 아침 식사가 시작되는 시각은 7시 30분. 그녀들이 눈을 뜬 시각은 그보다 약간 일렀다.

　"다들 안녕히 주무셨어요~."

　가장 먼저 일어난 사람은 넘치는 기운이 장점인 시즈카. 키리하와 루스는 저혈압 기미 탓에 아직 이불 속에서 꾸물대고 있었다.

　『이제 일어났느냐.』

　『다들 잠꾸러기다호─.』

　『유리카랑 막상막하다호─.』

　한 마리와 두 대는 진작 일어나 방구석으로 치워둔 좌탁 위에서 무언가를 하고 있었다. 흥미가 동한 시즈카는 그쪽으로 다가갔다.

　"후아아암……. 그나저나 아침부터 뭐 하고 있어요?"

　막 일어난 참이라 잠기운이 덜 가신 시즈카는 하품 섞인 목소리로 물어보았다.

『이걸 보거라.』

아르나이아는 서 있는 위치를 바꾸고 뒤에 놓아둔 물건을 시즈카에게 보여주었다. 그것은 예전부터 그가 애독하는 안내 책자였다. 안내 책자를 힐끔 쳐다본 시즈카는 고개를 살짝 갸웃했다.

"못 보던 표식이 붙어 있는데, 이게 뭐예요?"

『돌아가기 전에 꼭 먹고 가야 할 것을 선별해두었다. 어제 가게 앞에서 본 것과 안내 책자의 정보를 대조해본 후 그들과 협의해서 일곱 개까지 좁혔지.』

『괴수 아저씨랑 같이 상담했다호—!』

『이 일곱 개는 절대 양보할 수 없다호—!』

너무 기대한 나머지 아침 일찍 눈을 뜬 한 마리와 두 대는 이 온천 마을에서 반드시 먹고 가야 할 것을 순서대로 꼽았다. 그중 기념품 가게에서 사서 돌아갈 수 있는 것을 제외, 거기서 남은 것을 재료가 제철인지 아닌지 선별한 다음 한 마리와 두 대의 취향을 추가해서 순위를 매겼다. 그 상위 일곱 개는 그들이 절대 포기할 수 없는, 최우선으로 먹어야 할 것들이었다.

『그렇게 되었으니 시즈카, 아침은 너무 과식하지 말려무나.』

아르나이아는 음식을 직접 먹을 수 없다. 시즈카가 대신 먹게 해서 그 감각을 공유해야만 한다. 따라서 시즈카가 만

복인 상태에서는 이 계획을 실행할 수 없는 것이다.

"자, 잠깐만요 아저씨—!! 지금 저보고 오늘 하루 동안 맛집을 일곱 군데나 돌아다니라는 거예요?!"

『그렇게 되겠구나.』

『첫 번째는 갓 잡은 자연산 은어 소금구이다호—!』

『마지막은 하루카제 달걀을 듬뿍 써서 만든 커스터드 소프트 아이스크림이다호.』

"시, 싫어~~~!! 그렇게 먹으면 100퍼센트 살찔 거야!!"

계획을 들은 시즈카는 잠기운이 깨끗하게 사라졌다. 만약 아르나이아 일행의 계획대로 먹으며 돌아다닌다면 시즈카는 틀림없이 체중이 늘어날 것이다. 그것도 아르나이아가 마력을 소모한 여파가 아니라 시즈카 본인의 체중이 말이다. 시즈카로서는 도저히 무시할 수 없는 큰 문제였다.

『걱정하지 말거라. 오늘부터 당분간 네 체중이 2킬로그램 가벼워지게끔 마력을 제어할 테니까.』

"그런 문제가 아니라구요—!! 그리고 2킬로그램이나 먹을 작정이에요오오오옷?!"

시즈카가 체중을 신경 쓰는 또 다른 이유는 몸매가 무너지기 때문이다. 아르나이아가 마법으로 체중을 가볍게 해주어도 몸매까지 원래대로 돌아가는 것은 아니다.

"남들 앞에서 수영복을 절대로 못 입게 될 거야아아앗!!"

『그렇다면 환술로 외모를 보기 좋게 하자꾸나.』

"그~~~만~~~해~~~!!"

유감스럽게도 화룡제는 코타로 이상으로 여심에 대한 이해력이 부족하다. 원래 그런 성격인 것에 더해서 다른 종족이라는 점이 큰 영향을 미치는 탓이다. 그리고 아르나이아의 언동에 전혀 악의가 없고, 순전히 우정과 가족을 지켜보는 감정에서 비롯되는 것이라는 점이 시즈카의 불행이었다.

최종적으로 시즈카가 일곱 개의 먹거리를 먹는 문제는, 먹은 에너지를 직접 열로 변환해서 방출하는 플라스마 브레스 다이어트로 해결하게 되었다. 이것은 자초지종을 들은 키리하가 제안한 것이었다.

"……어디 보자, 방금 시즈카 님께서 내뿜으신 불꽃 숨결의 화력을 기준으로 삼는다면 약 5와 3분의 2회만큼 불꽃을 내뿜어야 할 것 같네요."

『요컨대 여섯 번 내뿜으면 원하는 만큼 먹어도 된다는 이야기로군?』

"아저씨는 입 다물고 계세요!"

『……네.』

"시즈카 님은 이미 한 번 불꽃을 내뿜으셨으니, 정확하게는 다섯 번 남짓이겠네요."

키리하의 제안을 토대로 루스는 시즈카가 뿜어낸 불꽃 숨결의 데이터를 측정했다. 그 화력과 일곱 먹거리의 예상 열량을 비교해본 결과가 5와 3분의 2라는 숫자였다.

"하지만 만약의 경우를 대비해서 하루에 다섯 번을 전부 내뿜는 것은 피하는 게 좋겠지. 먹거리 일곱 개 분량의 열량은 대단치 않지만, 본디 인간은 불을 내뿜을 수 없는 만큼 몸에 부담이 얼마나 갈지 정확하게 예상할 수 없어."

발안자인 키리하는 이 다이어트 방법이 인체에 미치는 영향을 유념하고 있었다. 본디 아르나이아는 마력을 소비해서 불을 내뿜는다. 그런데 이번에는 마력 대신에 시즈카의 신체에 비축된 에너지를 소모해서 다이어트하는 것이 목적이다. 이 경우에는 특정 영양소가 급격히 소모될 가능성을 부정할 수 없었다. 키리하는 무리는 피하는 게 좋을 거라고 생각했다.

"그렇다면 하루 한 번씩이면 괜찮을까?"

"그 정도라면 문제없겠지."

무리하지 않고 하루 한 번. 그렇다면 소모가 적을 것이고, 몸에 이상이 생겨도 알아차릴 수 있으리라. 키리하도 불만은 없었다.

"아저씨, 들었죠? 아까 그걸 내일부터 하루에 한 번씩 하는 거예요. 그럼 다음 주 토요일까지네요."

『그렇다면 총 일곱 번이다만.』

"좀 여유롭게 빼고 싶어요."

『……일곱 번이어도 괜찮겠는가, 키리하.』

"아르나이아 님께서, 시즈카와의 관계를 어떻게 하고 싶으신지에 달렸습니다."

『알았네. 다음 주 토요일까지 매일 한 번씩 실시하지.』

『치사하다호―.』

『속임수다호―.』

"뭐라고?"

째릿.

『아, 아무것도 아니다호―!』

『시즈카가 예뻐지는 건 좋은 일이다호―!』

"후후후, 시즈카 님도 체형은 신경 쓰시는군요."

"어제 루스 씨랑 키리하의 몸매를 봤으니까 그렇지."

"시즈카의 몸매도 예쁘다고 생각한다만."

"그 방심 때문에 문제가 생기는 법이야."

그리하여 세 사람과 한 마리와 두 대는 도란도란 잡담을 나누며 산길을 올랐다. 그녀들의 목적지는 그 앞에 있는 신사. 그곳에서 기도하는 게 오늘 목표 중 하나였다.

신사 경내에 들어가자 소녀들과 그 동행인들은 모두 차분함을 되찾았다. 늘 쾌활한 그녀들도 이런 종교시설에서는 얌전히 행동해야 한다는 것을 이해하고 있다. 그리고 소녀들에게는 이루고 싶은 소원이 있는 만큼 더욱 몸가짐을 조심하게 되었다. 자신의 소망을 더럽히고 싶지 않은 것은 소녀로서 당연하리라.

『하니와마루 님의 이벤트 티켓에 당첨되게 해주라호─.』

『하니나의 상품이 딸려 있으니 부탁한다호─.』

『나는 이 땅을 소란스럽게 만들 생각은 없다오. 그러니 관광 정도는 너그러이 봐주었으면 좋겠구려.』

동행한 두 대와 한 마리에도 신사에서 모시는 신에게 경의를 표할 이유가 있었다. 다소 물질적인 소원이긴 하지만, 그만큼 셋의 소원은 진지했다. 그러나 진지함을 따지자면 역시 세 소녀를 이길 수 없었다.

─부디…… 전하와 제 마음이, 그분께 닿기를…….

루스는 가슴 앞에 양손을 맞대고 한마음으로 기도했다. 일행이 이곳에 온 이유는 그녀가 이곳에서 소원을 빌고 싶다고 말했기 때문이므로, 자연히 기도에는 정성이 담겼다. 루스가 태어나서 처음으로 진심으로 좋아하게 된 상대와 맺어지고 싶다는 강한 마음. 그리고 같은 것을 티아 몫까지 빌어주자는 생각 또한 그녀의 기도를 뜨겁게 만들어주었다.

─그날 오빠와 나눈 약속을 이룰 수 있기를…….

이때 키리하가 빈 소원을 모두가 알게 된다면 분명 다들 눈을 동그랗게 뜨리라. 그녀의 기도는 평소 모습에서는 상상조차 할 수 없을 만큼 솔직하고 순수했다. 그녀가 맞댄 양손 사이에 끼인 낡고 빛바랜 카드. 그것에 담긴 마음은 지금 이 장소에 있는 그녀만의 것이 아니다. 10년 이상에 달하는 그녀의 마음이 그 안에 담겨 있다. 가장 사랑하는 사람의 상처 입은 혼을 구해주고 싶었다. 그 마음이 그녀의 기도를 솔직하고 순수하게 만들어 주었다.

　―모두가 행복해질 방법을 찾을 수 있게 해주세요……. 그리고 될 수 있으면 다이어트도 성공하고 싶어요…….

　시즈카는 여기서도 역시나 주위에 있는 사람들을 생각했다. 타고난 성격 탓인지 그녀는 자기 혼자만 행복해지면 된다고 생각할 수 없었다. 좋아하게 된 상대가 행복해지길 바랐으며, 주위에 있는 소녀들도 행복해지길 바랐다. 그래서 말도 안 될지도 모른다는 점을 본인도 은연중에 느끼면서도 바라게 되었다. 동시에 그녀는 다이어트라는 개인적이고 작은 목표도 달성하게 해달라고 함께 빌었다. 그녀는 야무진 소녀였다.

　『……누님들, 진지하다호―.』

　『하니와마루 님이 적과 싸우고 있을 때의 하니나랑 비슷한 분위기다호―.』

　『잠시 놔두자꾸나.』

　『괴수 아저씨, 남자답다호―.』

　『그리고 그렇게 해야 우리도 나중에 여러 가지를 주장하기 쉽겠지.』

『역시 화룡제, 믿음직하다호—!!』

결국, 넓게 보면 누구의 소원도 같을 것이다. 그녀들은 자신만이 아니라 많은 이들의 행복을 추구한다. 그리고 그 쉽지 않은 길을 서로 손을 맞잡고 나아가려 하고 있다. 분명 그 길의 끝에 진정한 대답이 있으리라고 굳게 믿으면서.

신사에서 기도를 마치고 산길을 내려가기 시작하자 한 마리와 두 대의 흥분은 점점 더 고조됐다. 인내의 시간이 끝나고, 마침내 그들의 시간이 온 것이다.

『은어 소금구이를 파는 가게는 어디인가?』

『전부 다섯 곳이고, 가장 인기 많은 곳은 사이카야다호—!』

『사이카야는 바삭한 굽기와 암염으로 한 간을 내세우는 모양이다호—!』

『좋아, 그곳으로 가자.』

『알았다호—!』

『믿음직하다호—!』

아르나이아의 단호한 리더십과 하니와 두 대의 적확한 정보 분석. 그 두 가지가 융합한 결과 완전무결한 관광객이 탄생했다. 약점이 없는 그들이 온천 마을의 명물 먹거리를 모조리 먹어치우리라는 것은 명백했다.

"……아앗, 결국 이 순간이 오고 말았어……."

당당하게 전진하는 한 마리와 두 대와는 반대로, 시즈카는 기운 빠진 목소리로 중얼거렸다. 그녀는 일행의 최후미에서 털레털레 걷고 있었다.

"이젠 포기할 수밖에 없겠군. 플라스마 브레스 다이어트라는 면죄부를 얻은 이상 그들은 절대 멈추지 않겠지."

"그건 키리하 탓이잖아!!"

"하지만 키리하 님이 그 제안을 하지 않으셨다면, 시즈카 님의 체중이 2킬로그램 가까이 늘어나는 결과가 나옵니다만."

"그건 더 싫어~~!"

시즈카는 눈물을 글썽거리고 코를 훌쩍이면서 힘없이 털레털레 걸었다. 거의 우는 것에 가까운 상태였다. 앞장선 한 마리와 두 대와는 상반되는 모습이었다.

"멍, 멍멍!"

그때 자그마한 무언가가 일행 앞을 가로막았다.

"쿵~ 아르르르르릉~."

그 정체는 작은 강아지였다. 강아지는 아직 1살도 채 되지 않은 것으로 보였는데, 어디선가 도망쳐 나왔는지 목걸이와 줄을 달고 있었다.

『이건 분명 개라는 생물이었지?』

『그렇다호—.』

『친구가 될 수 있는 생물이다호—.』

"멍, 멍멍멍멍멍!"

그리고 이 조그만 불청객은 무슨 이유에서인지 앞에 있는 시즈카 일행에게 적의를 드러냈다.

시즈카 일행 앞에 나타난 강아지는 기운찬 목소리로 계속 짖어댔다. 그러나 여자아이로서 귀여운 동물이라면 사족을 못 쓰는 소녀들은 강아지와 어떻게든 친해지고 싶었다. 그래서 강아지의 경계심을 풀어보려고 했다.

"이걸 줘도 될까요?"

"마시멜로라…… 키리하, 개가 마시멜로를 먹어도 괜찮아?"

"마시멜로는 달걀 흰자와 설탕이 주성분이다. 너무 많이 주지만 않는다면 문제없겠지."

"그렇다면 줘 볼게요."

그 자리에 쪼그려 앉은 루스는 작은 봉지를 하나 열어서 2센티미터쯤 되는 마시멜로를 꺼냈다.

"낑?!"

그러자 마시멜로 냄새에 민감하게 반응한 강아지는 짖다 말고 루스를 빤히 쳐다보았다.

"멍멍아, 이리 온. 과자 줄게."

루스는 조심스러운 성격이라 마시멜로를 손바닥 위에 올려놓고 강아지에게 보여줄 뿐, 적극적으로 내밀거나 자기가 먼저 접근하지는 않았다. 결과적으로 좋은 방법이었는지 강아지는 코를 벌름거리며 천천히 루스에게 다가갔다.

"킁킁, 킁킁."

강아지는 코로 마시멜로 냄새를 맡으면서 눈으로는 루스의 움직임을 좇았다. 마시멜로의 유혹에는 저항하기 어렵지만 루스를 완전히 신용하진 않는 모양이었다.

"걱정 마. 괴롭히지 않으니까."

루스는 상냥하게 말하며 여전히 꼼짝도 하지 않았다. 그리고 시간을 한참 들여서 루스 앞에 도착한 강아지는 손바닥 위의 마시멜로를 먹기 시작했다.

"덥석, 냠."

"진정하고 천천히 먹으렴."

인간에게는 마시멜로 2센티미터 정도는 그다지 큰 것도 아니다. 그러나 아직 어린 강아지에게는 인간을 기준으로 말하자면 멜론만 한 크기라고 할 수 있을 것이다. 맛도 마음에 들었는지 강아지는 정신없이 마시멜로를 먹어치웠다.

"이 틈에……."

강아지가 마시멜로에 푹 빠진 것을 확인한 루스는 비어 있는 쪽 손을 조심스럽게 뻗어서 강아지의 목걸이와 연결된 줄을 붙잡았다. 사실 루스 일행이 강아지와 친해지고 싶었던 이유에는 줄을 붙잡으려는 목적도 다분히 포함돼 있었다. 목걸이와 줄이 연결된 것을 보면 틀림없이 주인이 찾고 있을 테니까.

"좋아."

"멍멍!"

루스가 목줄을 꽉 붙잡는 것과 거의 동시에 강아지도 마시멜로를 다 먹었다. 이때 루스는 마시멜로를 다 먹은 강아지가 도망치지는 않을지 걱정했지만, 다행히 그런 일은 일어나지 않았다.

"멍, 멍멍멍! 킁킁, 킁킁."

강아지는 꼬리를 살랑살랑 흔들면서 루스를 올려다보았다. 마시멜로가 어지간히 마음에 들었는지 루스의 가방에 코를 대고 연신 냄새를 맡았다. 강아지는 그 안에 마시멜로가 더 있음을 알고 있었다.

"더는 안 돼. 아까 그건 특별히 준 거야."

마음 같아서는 좀 더 주고 싶었지만 루스는 꾹 참았다. 작은 마시멜로 하나도 강아지 기준으로는 인간이 멜론만 한 마시멜로를 먹는 것과 다름없다. 여러 개를 주면 몸에 좋지 않을 것이다. 그리고 타인의 반려견이니 교육적으로도 너무 많이 줄 수는 없었다.

"끼잉— 끼잉— 끼잉—."

"아이 참, 안 된대도 그러네!"

강아지는 코를 킁킁대며 앞다리를 뻗고 루스의 가방에 발톱을 걸었다. 좀 더 주세요, 부탁해요. 강아지는 촉촉한 눈동자로 루스에게 호소했다. 그런 강아지 앞에서 루스가 어떻게 할지 고민하고 있을 때, 옆에서 누군가가 구원의 손길을 뻗었다.

흔들, 흔들흔들.

그것은 동물의 모피로 된 조그마한 털 공이었다. 원래는 키리하의 가방에 달린 장식인데, 지금은 가느다란 나무막대 끝에서 흔들리고 있었다. 루스의 고민을 파악하고 키리하가 순식간에 만든 것이었다.

흔들흔들, 살랑살랑.

"멍!"

키리하가 능란하게 막대를 흔들어서 털 공을 요리조리 움직이자 강아지의 시선은 삽시간에 그것에 고정되었다. 그녀가 움직이는 털 공은 흡사 작은 동물 같았다. 강아지는 털 공을 흥미진진하게 보았다.

흔들, 흔들.

"멍멍멍, 멍멍!"

이내 강아지는 털 공을 따라 움직였다. 키리하가 흔드는 털 공의 움직임은 교묘한 탓에 잡을 수 있을 것 같으면서도 잡히지 않았다. 절묘한 거리를 계속 유지했다. 강아지는 털 공을 쫓느라 정신없어서 마시멜로는 잊어버린 듯했다.

"도와주셔서 감사합니다, 키리하 님."

"이런 건 특기이니까."

"그런 인상이긴 해요."

"악녀라는 걸 돌려 말하는 듯한 느낌이로군."

키리하는 강아지를 상대하며 루스에게 미소 지었다. 다른 성인조차도 쥐락펴락하는 키리하에게 강아지 정도는 한입거리도 안 됐다.

"그럴 리가요. 훌륭하다고 생각할 뿐이에요."

"그렇다면 되었다만."

"키리하, 나도 멍멍이랑 놀고 싶어!"

완전히 경계심을 풀고 키리하와 노는 강아지를 보던 시즈카는 참지 못하고 소리쳤다. 시즈카는 강아지가 활기차게 뛰어다니는 사랑스러운 모습에 홀딱 넘어가서 자기도 함께 놀고 싶어졌다.

"그래."

"아싸!"

키리하는 시즈카에게 털 공이 달린 봉을 건네주고 자리를 비켰다. 그러자 시즈카는 키리하 대신 강아지에게 털 공을 내밀었다. 그러나—.

"아르릉!"

"아얏?!"

강아지는 어째서인지 털 공이 아니라 시즈카의 손을 깨물었다. 시즈카는 화룡제의 힘에 보호받고 있어서 다치지는 않았지만, 심리적으로는 큰 충격을 받았다.

"멍멍아, 갑자기 왜 그러니! 친하게 지내자?!"

"아르릉, 왈왈왈왈왈!"

루스나 키리하를 상대할 때와는 명확히 다른 반응이었다. 강아지는 시즈카에게 적의와 송곳니를 드러내고 계속 짖어 댔다.

"루스."

"아, 네."

목줄을 잡고 있던 루스가 강아지를 시즈카 곁에서 떼어냈다. 어느 정도 거리가 멀어지자 강아지는 짖기를 멈추었지만, 여전히 경계를 풀지 않고 적의가 깃든 눈으로 시즈카를 쏘아보았다.

"멍멍아, 왜 나만 싫어하는 거야~. 친하게 지내자구우~."

귀여운 강아지에게 혼자만 거부당한 시즈카는 크게 낙담했다. 그녀는 털 공이 달린 봉을 손에 쥔 채 반 울상을 짓고 그 자리에 쪼그려 앉았다.

"……무언가, 시즈카를 싫어하는 요인이 있는 게 아닐까?"

"아르나이아 님 아닐까요? 강아지에게는 너무 강한 상대이니까……."

"일리 있는 생각이로군."

키리하와 루스는 그 이유를 아르나이아라고 생각했다. 아르나이아는 시즈카 안에 있다. 동물의 예민한 감각이 그 기운을 감지했다면 겁을 먹는 것도 어쩔 수 없으리라. 아르나이아의 정체는 20미터를 넘는 거대한 용이니까.

"아저씨 탓이었어요?!"

『무례하다!! 나는 자연계의 왕!! 모든 생물에게 관대하거늘?!』

그러자 아르나이아 본인이 불만을 표했다. 만물의 제왕임을 자인하는 그에게 있어서 강아지가 자신을 무서워한다는 악평은 무시할 수 없는 문제였다.

"아저씨가 눈을 뜨기 전에는 강아지에게 미움받은 기억이 없다구요."

『시즈카, 너까지 그런 말을 하는 게냐?!』

"그치만 사실인걸……."

『알았다, 그렇게까지 말한다면 흑백을 가려보자꾸나!』

"네?"

『일시적으로 네 몸에서 빠져나가마. 그런데도 강아지가 너를 향해 짖는다면, 내 탓이 아니라는 게 증명되겠지!』

그리고 시즈카의 의심하는 눈초리가 결정타였다. 분함을 참지 못한 아르나이아는 시즈카의 몸에서 빠져나가 자신의 결백함을 증명할 작정이었다.

"아저씨, 그래도 괜찮은 거예요?"

『마력을 급격히 소모하겠지만, 수십 초 정도는 별문제 없다.』

실체를 가진 육신이 없는 화룡제 아르나이아는 시즈카를

중심으로 마력을 집중해서 존재를 유지하고 있다. 그래서 시즈카와 떨어지면 급격히 에너지를 소모하고 존재를 유지할 수 없게 된다. 그러나 소모 속도가 급격하다 해도 수십 초 정도라면 전체적인 소모량은 적다. 유체이탈에 가까운 행위이지만 사나에 같은 자유는 없고, 시간도 짧으니 그 상태로 딱히 무언가를 할 수 있는 정도는 아니다. 그래도 자신의 결백함을 증명하기에는 충분할 터였다.

『그럼 간다!』

번쩍.

시즈카의 두 눈이 한 차례 붉게 빛났다. 그 직후, 마치 시즈카의 몸 안에서 또 하나의 시즈카가 빠져나가는 것처럼 붉은빛이 분리됐다. 그 빛이야말로 아르나이아의 의사와 마력이다. 빛은 그대로 입체영상 아르나이아에게 접근했다. 봉제 인형처럼 생긴 환영에 본체의 의사와 마력을 옮기는 게 목적이었다.

『자, 어떠냐!』

빛은 입체영상과 융합했다. 겉으로 보기에는 전혀 변화가 없었다. 하지만 그 모습에서는 압도적인 힘이 느껴졌다. 장난감 같은 외모와는 정반대로, 현시점에서 지구 최강의 생물은 아르나이아였다.

"헥헥헥헥~♪"

그리고 그 압도적인 모습을 목격한 강아지는 루스를 끌고 가다시피 아르나이아에게 달려가더니, 바른 자세로 앉아서 힘차게 꼬리를 좌우로 흔들기 시작했다.

　이 결과를 토대로 키리하가 내린 결론은, 강아지가 시즈카를 향해 짖어댄 이유는 질투 때문이라는 것이었다. 이 강아지는 아르나이아가 정말 좋았지만, 그가 사이좋게 지내는 것은 시즈카였기 때문에 그 점이 마음에 들지 않았을 것이다.

　또 다른 가능성으로는 시즈카가 너무 강해졌다는 점을 들 수 있다. 그녀는 아르나이아를 내재한 덕분에 인간의 한계를 초월한 힘을 지녔다. 그 힘은 시즈카 본인의 신체에도 영향을 주었고, 만약 아르나이아가 마력 공급을 중단하더라도 한동안 그녀의 신체 능력은 인간의 한계에 가까운 수준을 유지할 것이다. 그런 그녀를 야생동물로 본다면 곰이나 사자와 같은 수준의 위험생물이다. 강아지는 당연히 경계심을 품고 짖을 것이다. 그리고 강아지가 아르나이아를 향해서는 짖지 않는 이유는, 초고도 위험생물과는 사이좋게 지낼 수밖에 없기 때문이리라.

　그 외에도 몇 가지 소소한 가능성이 있지만, 키리하는 이 두 점이 가장 의심스러웠다. 그러나 실제로도 그런지는 알 수 없었다. 강아지에게 직접 물어본 게 아니니까. 확실한 것은 단 하나. 강아지가 시즈카를 향해서 짖었다는 사실이었다.

"……이, 이젠 다 끝났어……."

강아지는 아르나이아에게는 꼬리를 흔들고, 시즈카를 향해서는 짖었다. 너무나도 안타까운 현실 앞에서 시즈카는 힘없이 어깨를 떨구고 터벅터벅 산길을 걸었다.

『하하하하, 내 인망도 아직 쓸 만하구나!』

『역시 제왕이다호—!』

『믿음직스럽다호—!』

『그렇지, 그렇지! 나중에 시험 삼아 사파리 파크라고 하는 곳에 가볼까!』

시즈카와는 반대로 아르나이아는 기분이 좋았다. 자신에게 걸린 의혹이 풀리고 강아지에게 존경받았다는 사실이 기뻤다. 봉제 인형 같은 몸으로 가슴을 활짝 펴고 자신만만하게 선두에 서서 나아갔다.

"시즈카 님, 실망하지 마세요. 그 강아지가 특별할 뿐일지도 모르잖아요."

"그래 시즈카. 그대를 보고 짖어댄 진짜 이유가 확실하게 밝혀진 건 아니잖나."

"그래도 날 보고 짖은 건 사실이잖아~~~."

루스와 키리하가 위로해줘도 시즈카의 기분은 나아지지 않았다. 친해지고 싶은 상대에게 미움받는 상황은 그녀에게 있어서 정말로 충격적이었다.

"다 필요 없어! 어차피 이렇게 된 거 될 대로 되라지! 명물 먹거리 따위는 열 개든 스무 개든 먹어치워 주겠다구! 어차피 날씬해도 날 보고 짖을 테니까!"

그리고 충격에서 헤어나오지 못한 시즈카는 자포자기했다. 온천 마을의 명물 먹거리를 일곱 개 먹고 찌는 것보다도, 강아지가 자신을 향해 짖었다는 사실이 더 타격이 컸다. 그리고 그 타격을 완화하기 위해 직성이 풀릴 때까지 먹는 것은 나쁘지 않은 해결방법이었다.

─시즈카는 자기가 날씬하지 않게 됐을 때 코타로가 어떤 반응을 보일지까지는 미처 생각하지 못한 모양이지만⋯⋯ 지금은 얘기하지 않는 게 좋을 것 같군⋯⋯.

그런 시즈카를 보며 키리하는 생각하는 바가 있었지만, 홧김이건 뭐건 기운찬 쪽이 좋은 법. 키리하는 굳이 아무 말도 하지 않았다.

『잘 생각했다, 시즈카. 바로 그 기개다!』

『맛있는 음식이 우리를 기다리고 있다호─!』

『배가 터지도록 먹어보자호─!』

"바라던 바야!!"

"멍멍, 왈왈왈왈!"

이리하여 시즈카는 온천 마을 명물 먹거리를 만족할 때까지 탐닉하게 되었다. 그 결과 그녀의 체중은 예상 수치를 훨씬 웃돌아서 3킬로그램 정도 늘어나게 되었다. 그 사실은 아르나이아의 불필요한 배려 덕분에 늦게 발각되어 새로운 문제를 불러일으키게 되지만, 자포자기에 빠진 지금의 시즈카로서는 아직 알 도리가 없었다.

Episode 3
동네 많이 먹기 대회!

　사나에와 티아는 정신연령이 가까워서 비슷한 일에 관심을 보일 때가 많다. 먹을 것이나 놀이 등을 그 예로 들 수 있다. 이날도 마찬가지였는데, 두 소녀는 물건을 사고 돌아가는 길에 있는 게임 센터 앞에서 흥미로운 것을 발견했다.
　"이거 잘하면 뽑을 수 있지 않을까?"
　"그래 보이는군. 사나에, 왼쪽에서 봐다오."
　"네넹."
　지금 사나에와 티아는 어떤 게임기에 함께 달라붙어 있다. 버튼으로 기계 팔을 움직여서 인형을 뽑는 인형 뽑기 게임이다. 유리로 둘러싸인 게임기 안에는 킷쇼하루카제시 홍보 캐릭터인 『하루야마 쇼노스케』 인형이 잔뜩 쌓여 있었다. 갑옷 무사를 데포르메 한 귀여운 디자인의 인형은 사나에와 티아의 마음을 확 휘어잡았다. 두 사람은 어떻게든 『하루야마 쇼노스케』를 뽑아서 돌아가려고 분발하는 중이었다.

"힘내, 티아!"

"맡겨두거라!"

지금 버튼을 조작하는 사람은 티아였다. 사나에도 요즘 소녀인 만큼 게임을 못 하지는 않았지만, 그래도 게임 쪽에서는 티아가 조금 더 나은 편이었다. 일단은 티아에게 맡기고, 사나에는 서포트와 응원을 담당했다.

"좀만 더, 좀만 더, 스톱~!"

"조금 빗나갔나?"

"그럴지도 몰라. 하지만 아주 조금이니까 잡을 수 있지 않을까?"

"에잇, 승부이니라!!"

철컥.

기계 팔은 한 번 움직인 뒤에는 조종할 수 없다. 티아는 자신의 기술과 행운을 믿고 기계 팔로 인형을 붙잡는 버튼을 눌렀다.

기이잉—.

"가라가라!"

"붙잡아야 한다!!"

두 소녀가 마른침을 삼키며 지켜보는 가운데 내장된 모터

가 회전하고 팔이 아래를 향해 내려간다. 팔은 티아가 조작한 대로 일단 인형 위에 멈추긴 했지만, 정확하게 위에 있는 것은 아니었다. 두 소녀는 그 점이 약간 걱정되었다.

"잡았다, 붙잡았어!!"

"오오옷, 성공인가?!"

두 사람의 기대에 부응하여 팔은 멋지게 『하루야마 쇼노스케』의 몸뚱이를 붙잡았다. 붙잡은 부분은 정확하게 배 근처. 그리고 팔은 모터를 역회전해서 『하루야마 쇼노스케』를 들어 올렸다.

"아앗?!"

"이 근성 없는 놈!!"

그러나 『하루야마 쇼노스케』의 몸이 들리고 나서 조금 후. 팔이 붙잡고 있는 부분을 중심으로 『하루야마 쇼노스케가』 회전했다. 그 움직임을 버티지 못하고 팔은 인형을 놓치고 말았다.

"흠…… 생각보다 팔의 힘이 약하군."

"지금처럼 움직일 여지가 남게 잡으면 안 될 것 같아."

"단단히 붙잡을 수 있는 부분에, 한 치의 오차도 없이 팔을 내릴 필요가 있을 것 같구나."

역방향으로 굴러간 『하루야마 쇼노스케』가 기회를 날리고 낙담하는 두 소녀를 향해서 웃고 있다. 사나에와 티아는 그 푸근한 미소를 포기할 수 없었다. 지는 것을 싫어하는 두 소녀는 어떻게든 그 인형을 갖고 돌아가고 싶었다.

"이번에는 내가 해볼래!"

"팔은 정지 버튼을 눌러도 바로 멈추지 않느니라. 미세하게 느린 반응을 계산에 넣는 게 좋을 게야."

"살짝 더 움직인단 말이지…… 응, 알았어!"

티아가 자리를 비켜주자 사나에가 그곳에 섰다. 반대로 티아는 직전까지 사나에가 있던 자리로 이동했다. 이번에는 사나에가 버튼을 조작하고 티아가 서포트를 담당할 차례였다. 사실은 티아 혼자 집중적으로 도전하는 편이 확률이 더 높을 것이다. 그러나 그렇게 하면 재미가 없다. 『하루야마 쇼노스케』를 데리고 돌아가고 싶은 것은 사실이지만, 지금 두 사람에게는 함께 이 시간을 즐기며 노는 것에도 큰 의미가 있었다.

결국, 두 사람의 도전은 다섯 번째에 성공했다. 두 사람이 합쳐서 다섯 번, 티아만 센다면 세 번째 시도에 성공했다. 1회 100엔이니 쓴 돈은 500엔. 익숙하지 않은 게임인 점을 감안하면, 일단 상품을 뽑았으니 그럭저럭 괜찮은 성과라 할 수 있으리라. 이렇게 『하루야마 쇼노스케』 인형은 두 사람 곁에 안착하게 되었다.

"아~아, 나도 뽑고 싶었는데에……."

사나에는 약간 부루퉁한 얼굴로 작게 한숨을 쉬었다. 『하루야마 쇼노스케』 인형은 사나에의 품에 안겨서 그녀에게 부드러운 미소를 보내고 있었다. 하지만 사나에는 이 결말이 살짝 불만스러웠다. 뽑은 것은 물론 기쁘긴 해도 이왕이면 자기가 직접 뽑고 싶었다.

"소녀가 뽑는 데 성공한 건, 그대가 그걸 알맞은 위치로 옮겨준 덕분이니라."

"그야 그럴지도 모르지마안……."

확실히 둘이서 『하루야마 쇼노스케』를 뽑는 게 목적이었지만, 사나에 개인으로서는 명확한 결과를 내지 못했다. 사실은 인형을 모두에게 보여주며 자기가 뽑았다고 자랑하고 싶었다. 거기까지가 사나에가 생각하는 뽑기 게임을 즐기는 방법이었다. 이래서는 불완전연소였다.

"……응?"

그러던 차에 뽑기 게임기에 붙어 있는 종이가 사나에의 시야에 들어왔다. 그리고 그 종이에도 어째서인지 『하루야마 쇼노스케』의 일러스트가 그려져 있었다. 궁금증이 생긴 사나에는 종이에 얼굴을 가까이 가져갔다.

"어디 보자……."

"왜 그러느냐?"

"무슨 축제가 열리나 봐."

"축제?"

"하루야마 쇼노스케, 탄생 500주년 기념제……래!"

종이는 상점가에서 열리는 축제 안내장이었다. 올해는 이 지역에서 유명한 무장인 하루야마 쇼노스케가 출생한 지 딱 500주년이 되는 해다. 그것을 기념하여 상점가를 중심으로 대대적인 축제가 개최될 예정이었다.

"그렇군. 이 인형이 경품이 된 것도 그 일환인 겐가."

"그런가 봐. 평범한 축제가 아니라 여러 이벤트를 진행하는 것 같아."

"호오…… 어디 보자……."

사나에와 티아는 볼을 붙이다시피 하며 함께 안내장을 보았다. 축제와 같이 열리는 이벤트는 거의 다 식전이나 지역 탤런트의 라이브 공연, 마라톤 대회나 프리마켓 등 익숙한 것들뿐이었다. 그러나 그중에서 두 사람의 관심을 끄는 이벤트가 딱 하나 존재했다.

"티아, 이것 좀 봐!"

"음! 소녀들이 나설 차례가 온 것 같구나!"

두 사람은 서로 마주보며 고개를 끄덕이고는 눈동자를 반짝반짝 빛내며 게임 센터를 뛰쳐나갔다. 상점가의 안내소에 이벤트 전단지를 받으러 가기 위해서였다.

전단지를 챙긴 두 사람은 곧장 106호실로 돌아갔다. 그 이유는 물론 안내소에서 받은 전단지를 코타로 일행에게 보여주기 위해서다.

"……하루야마 쇼노스케 탄생 500주년 기념, 많이 먹기 선수권 대회……?"

코타로는 의아한 표정으로 전단지의 타이틀을 읽었다. 사나에와 티아가 주목한 이벤트란 바로 많이 먹기 대회였다.

"코타로, 다 같이 여기에 참가하자! 상품이 장난 아니라구! 이걸 봐!"

"상점가 상품권, 30만 엔어치라고오?!"

사나에가 주목한 것은 대회 상품이었다. 대회에서 우승하면 상점가에서 쓸 수 있는 상품권을 30만 엔어치 받게 된다. 그리고 부상으로는『하루야마 쇼노스케』등신대 인형이 딸려온다. 안내소의 아저씨가 이야기하길, 상점가의 상공회 회장이 100년에 한 번 정도는 요란하게 해보자며 힘쓴 결과라고 했다.

"후후후후. 상점가 상인들이여, 소녀에게 도전한 것을 후회하게 해주마!"

"딱히 널 대상으로 한 이벤트도 아니잖냐."

"시끄럽다! 항상 승리하는 것으로 이름 높은 포르트제 황가는 어떠한 분야에서든 패배가 허락되지 않으니라!"

티아의 참가 의욕이 넘치는 이유는 그것이 승부에 관련된 일이기 때문이다. 티아는 기본적으로 경기나 게임은 분야와 무관하게 무척 좋아한다. 하지만 사실 황가를 들먹이는 것은 변명에 지나지 않는다. 쑥스러워서 직접 말할 수 없지만, 다 같이 게임에 참가해서 승패를 겨뤄보자는 그녀 나름의 권유인 것이다.

"그렇게 됐으니까 다 같이 나가보자~! 30만 엔이나 있으면 고급 스키야키를 몇 번이나 먹을 수 있다구!"

"아무렴! 소녀의 명예를 위해 모두 출전해서 승리를 거머쥐는 게다! 주로 소녀가!"

"······다들 어떻게 할래?"

코타로로서는 이미 참가해도 좋겠는데, 라는 기분이었다. 티아가 경기나 게임을 좋아한다는 건 모두가 아는 사실이고, 사나에도 묘하게 흥분한 듯싶었다. 그러니 원하는 대로 해주고 싶다는 마음이 들었다. 게다가 규칙상 많이 먹기 선수권 대회에 나오는 요리는 전부 상점가에서 영업 중인 가게가 제공하게끔 되어 있다. 그것들을 실컷 먹어보고 싶다는 개인적인 욕구도 그 마음에 힘을 실어주었다. 그러나 아무리 그렇다고 해도 전원에게 참가를 강제하는 것은 어불성설이므로, 코타로는 주위를 둘러보며 다른 소녀들의 의견을 구했다.

"저는 찬성이에요."

"저도 나갈래요오. 요리를 실컷 먹고 싶어요오."

가장 먼저 참가 의사를 밝힌 사람은 루스와 유리카였다. 루스의 경우에는 티아의 부탁을 이루어주고 싶다는 단순한 이유였다. 유리카는 대회에서 나오는 음식이 목적이었고, 운 좋게 우승하게 된다면 상품권도 받을 수 있으니 참가하지 않을 이유는 없었다.

"사토미 군은 어떻게 할래요?"

"나가볼까 싶어."

"그럼 저도 나갈래요."

마키는 코타로와 함께 하는 게 좋았다. 예전의 마키는 코타로와의 연결고리를 위해 그의 뒤를 쫓아다니는 느낌이 강했지만, 최근에는 꼭 그렇지만도 않았다. 지금의 그녀는 침략자 소녀들이나 고등학교 친구들이 참여하는 일에 자기도 가능한 한 참여하려 하고 있다. 그러나 아직까지는 낯선 환경이니만큼 코타로와 함께 있는 게 마음이 편했다. 주위를 사랑하기 위해서 코타로의 조력이 필요하다 할 수 있었다.

"나도 참가해볼까 한다."

키리하도 많이 먹기 대회 참가에 긍정적이었다. 평소에는 키리하 내면에 숨어 있는 소녀적인 면모가 꼭 참가하라고 떠들어대고 있었다. 때로는 고삐를 풀고 행동하는 것도 좋겠지, 라는 게 그녀가 내린 결론이었다. 그러나 그녀에게는 걱정되는 점이 있었다.

"······문제는 이 세 사람이겠군."

"저는 많이 먹는 것이 서투른지라."

"저는 참가하고 싶지만, 선생님께 혼날지도 몰라요."

"겨우 몸무게가 줄어든 참이라서 되도록 과식은 피하고 싶은걸······."

클란은 원래 그리 많이 먹는 편은 아니다. 하루미도 클란과 비슷하지만, 이쪽은 본인의 선택이라기보다는 건강상의 문제 탓이다. 시즈카 같은 경우에는 온천 마을에서 자포자기한 탓에 늘어난 체중이 겨우 원상 복구된 참이라 요요 현상을 경계하고 있었다. 이 세 소녀만큼은 참가를 강요할 수 없었다.

그러나 사나에와 티아의 말이 결정타가 되었다.

"기권할 수 있는 것 같으니까, 일단 다 같이 참가해보고 본인의 몸 상태를 봐서 그만두면 되지 않을까?"

"그래, 그거 좋은 생각이로구나! 참가하면 점심을 공짜로 해결할 수 있다고 생각하면 되지 않겠느냐."

"그래도 된다면야, 저도 참가하겠사와요."

"클란 양, 한 접시만으로 저랑 대결할래요?"

"재미있을 것 같군요, 좋사와요."

"아, 사쿠라바 선배. 저도 거기에 끼고 싶어요!"

세 소녀는 원래부터 많이 먹기 대회를 재밌겠다고 생각했다. 그저 적극적으로 참가할 수 없는 이유가 있었을 뿐이다.

그래서 자기만의 타이밍에 멈춰도 된다면 참가를 망설일 필요는 없었다.

"코타로도 참가할 거지?"

"불참하겠다는 말은 허락하지 않을 게다!"

"나갈게. 아까 그렇게 말했잖냐."

아까 마키에게 얘기한 대로 코타로도 참가할 생각이었다. 출전하면 상점가 맛집의 요리를 실컷 먹을 수 있다. 그 좋은 기회를 놓칠 생각은 없었다.

"좋아~ 그럼 많이 먹기 대회는 전원 참전이네~!"

"다 같이 이기자꾸나! 소녀를 위해서!"

"이번에야말로 내가 이길 거야!"

"후후후후후! 글쎄, 어떨까! 소녀는 승리를 양보할 생각은 없느니라!"

이리하여 코타로와 침략자 소녀들은 상점가에서 개최되는 많이 먹기 선수권 대회에 참가하게 되었다. 멤버 중에서 사나에와 티아는 특히 의욕에 불타오르고 있었다. 코타로는 벌써부터 치열하게 불꽃을 튀기는 두 사람을 보며, 의외로 격전이 벌어질지도 모르겠다고 예감하지 않을 수 없었다.

하루야마 쇼노스케 탄생 500주년 기념 많이 먹기 선수권 대회는 예선전, 준결승전, 결승전까지 총 세 번의 시합을 거쳐서 우승자를 가린다. 오늘은 그중 예선전이 개최되는 날로, 경기장은 참가자들로 바글거렸다. 역시 호화로운 상품이 사람들을 혹하게 만든 모양이었다.

"참으로 대단하군. 100명 정도는 될까?"

"우리는 이 사람들을 이길 거니까 훨씬 대단하다구."

"흐흥, 잘 아는구나, 사나에."

"에헤헤헤헤헤~~."

그러나 그 많은 참가자 앞에서도 티아와 사나에 콤비는 주눅 드는 기색을 보이지 않았다. 오히려 더욱 투지를 불태우고 있었다.

"그건 그렇고 예선에서는 뭐가 나온대?"

코타로의 관심은 참가자 숫자보다도 예선전 메뉴 쪽에 있었다. 유리카도 완전히 같은 점에 주목하고 있었는데, 그녀는 이미 예선전 메뉴를 조사해놓았다.

"감자 요리가 중심인 것 같아요오. 지역 특산물인 킷쇼 감자를, 일식집이나아, 햄버거 가게 등에서어, 요리하는 모양이에요오."

"참가자가 많은 만큼 일단 감자를 주축으로 해서 단가를 낮추려는 거겠지. 고기 감자조림이나 모둠 감자찜, 감자튀김 등 요리 종류도 많고 말이야."

유리카의 조사 결과에 키리하가 보충설명을 더했다. 고급 요리는 좀 더 인원이 줄어든 뒤에 내놓고, 예선전 단계에서는 값싼 재료와 고급 식당의 뛰어난 기술, 또는 패스트푸드의 익숙한 맛을 내세우는 것은 올바른 판단이리라.

"튀김은 뒤로 미뤄줬으면 좋겠어요."

"하루미, 초반에 탈락자가 많으면 재미없으니 분명 나중에 나올 거라고 생각하여요."

"그렇구나…… 이벤트 진행에도 여러 요령이 있군요."

"……역시 음모랑 관계있는 분야에는 빠삭하구나, 클란."

"시끄럽사와요!!"

입이 짧은 하루미와 클란은 다른 의미로 메뉴에 관심이 있었다. 그러나 대회 취지상 두 사람의 배가 차기 전에 메인 디쉬가 나올일은 없을 테니 일단은 안심이었다.

"감자라아…… 의외로 칼로리가 높은 재료지?"

시즈카는 하루미나 클란과는 조금 다른 걱정을 하고 있었다.

"100그램당 80킬로칼로리 정도네요."

요리를 할 때도 데이터를 중시하는 루스는 감자의 열량을 즉답했다. 덩이줄기 식물은 전분을 많이 함유하는 까닭에 채소 중에서는 생각보다 높은 열량을 자랑하는 재료였다.

"게다가 살찌는 맛이 되게 잘 어울리잖아."

"버터로 구워도 맛있고, 기름에 튀겨도 맛있죠."

"하아～～～."

맛있다고 사실을 뻔히 아는 음식을 먹지 않고 버티기란 쉬운 일이 아니다. 그러나 마음껏 먹으면 난리가 난다. 체중을 신경 쓰는 시즈카 입장에서는 나아가면 지옥, 물러나도 지옥인 상황이었다.

"싫으시다면 참가를 포기하시겠어요?"

"싫지 않으니까 곤란한 거라구~~!"

"……복잡한 문제네요……."

반면에 루스는 주위에서 좀 더 살을 찌우라는 얘기를 듣고 있었다. 그래서 그녀는 고민하는 시즈카를 모호한 미소를 지으며 지켜볼 수밖에 없었다.

"아, 여러분, 슬슬 시작하려나 봐요."

스태프가 참가자들을 대회 장소인 시립 체육관 안으로 유도하기 시작하는 모습을 보며 마키가 말했다. 요리를 비롯한 각종 준비가 끝난 모양이었다.

"아이카, 왠지 즐거워 보이는걸."

그런 마키의 옆모습이 즐거워 보였기 때문에 코타로는 그 이유가 궁금해졌다. 마키가 다양한 일에 관심을 가지는 건 좋은 일이라고 생각하니까.

"그런가요?"

"자각이 없었나 보네."

"네……."

자기가 웃는 줄도 몰랐던 마키는 자신의 뺨을 신기한 듯이 조물락거렸다. 그런 마키를 보면서 코타로는 무심코 웃었다.

"후후."

"갑자기 왜 웃어요?"

마키는 양손을 뺨에 댄 채 고개를 살짝 갸웃했다. 그런 마키의 모습에서는 가혹한 유년기를 보낸 악의 마법소녀의 이미지를 느낄 수 없었다.

"아무것도 아냐. 그보다. 우리도 얼른 가자."

"그래, 그래! 얼른 가자꾸나! 라이벌도 탐색해야 하니까 말이다!"

"마키, 너도 열심히 해! 우리 모두의 스키야키가 걸려 있으니까!"

"아, 어, 네, 노력할게요."

굳이 말할 필요는 없다고 생각했기 때문에 코타로는 마키에게 웃은 이유를 얘기하지 않았다. 마키는 그 점을 눈치채지 못했지만, 그것이야말로 현재 마키에게 필요한 것. 그리고 코타로가 웃은 이유였다.

예선전은 클란이 예상한 대로 맛이 담백한 요리부터 나왔다. 맨 먼저 나온 것은 오래된 일식집에서 만든 모둠 감자찜. 양이 많았지만 거의 모든 참가자가 다 먹었다. 원래 입이 짧은 클란과 하루미, 그리고 별로 많이 먹고 싶지 않은 시즈카도 그랬다.

"해냈어요! 1등이네요!"

"윽, 설마 사쿠라바 선배에게 지다니?!"

"……최하위가 되리라는 건 예상한 바여요."

참고로 이 첫 번째 요리만으로 경쟁한 클란 일행 세 명의 빨리 먹기 대결은 뜻밖에도 하루미의 승리로 끝났다. 하루미가 먹는 속도는 빠르지 않았으나 클란은 식사를 서둘러본 경험이 적었고, 시즈카는 과식을 방지하려고 꼭꼭 씹어 삼켰다. 그 결과 하루미가 한발 앞서 다 먹게 되었다.

그리고 모둠 감자찜에 이어서 나온 요리는 감자 샐러드였다. 이것도 맛은 담백한 편이라 클란 일행도 먹는 데 어려움은 없었지만, 역시 많이 먹기 대회이니만큼 양이 많았다. 클란, 시즈카, 하루미 세 사람은 이 메뉴에서 백기를 들었다.

"한 메뉴를, 이렇게 많이 먹어본 건 처음이어요…… 우읍."

"몸무게가 많이 안 늘어났으면 좋겠는데……."

"여러분도 무리는 하지 마셔야 해요?"

클란 일행 외에도 이때부터 참가자 수가 서서히 줄어들었는데, 역시 재미 반으로 참가한 여성들부터 탈락하기 시작했다. 거기에 박차를 가한 것이 바로 다음 음식으로 나온 저먼 포테이토였다.

"……이걸 다 먹는 건 무리일 것 같군."

"동감이에요. 정말 맛있고, 참고할 점도 많지만……."

"마음 같아서는 더 먹고 싶은데…… 저도 슬슬……."

여기서 키리하, 루스, 마키가 탈락했다. 키리하와 루스는 감자의 산이 반쯤 줄어들었을 때 기권했다. 마키는 전부 먹긴 했지만, 다음에 나올 마지막 요리를 보지 않고 기권했다. 그리고 다른 참가자도 여기서 대거 탈락했고, 정말로 많이 먹는 사람들만 남게 되었다.

"오~호호홋, 승리하기 위해 식사예절을 버린 소녀에게 적수는 없느니라!!"

티아는 아직 여유가 있었다. 그녀는 원래 활동적이라 에너지 소비가 심한 탓에 먹는 양도 늘 많았다. 그러나 식사예절을 지키며 천천히 먹는 까닭에 그래 보이지 않았을 뿐이다. 그리고 지금 그녀는 몸에 밴 예절을 무시하고 마구 먹어치우고 있었다. 포만중추가 자극받기 전에 잽싸게 먹어치우자는 작전이었다.

"제법이잖아, 티아! 나도 안 질거얏~!"

그리고 사나에는 그 뒤를 바짝 추격했다. 사나에의 신체는 대량의 영력이 상시 순환 중이라 대사가 활발하다. 그래서 티아와는 다른 의미로 에너지 소비가 심하다. 그러다 보니 평소에도 먹는 양이 많아 티아에 필적할 정도였다. 약간 뒤처진 이유는 감자 샐러드에 완두콩과 당근이 들어있는 탓이었다.

"최대한 많이 먹어서어, 본전을 뽑고 돌아가야지이~♪"

유리카도 건투하고 있었다. 태생이 연비가 나쁜 체질일뿐더러 생활환경 탓에 몸에 밴 빈곤함이 그녀의 식욕을 지탱하고 있었다. 덕분에 티아나 사나에 수준은 아니어도 참가자 전체로 놓고 보면 상위권에 자리 잡았다.

"……참가비는 무료이니까, 애초에 본전이고 뭐고 없잖아."

코타로는 남성인 데다 체구가 크기 때문에 예전부터 먹는 양은 남들의 갑절이었다. 게다가 대회를 위해서 어젯밤 저녁을 적게 먹었고, 오늘 아침을 걸렀다. 덕분에 코타로는 평소 이상의 기세로 요리를 먹을 수 있었다. 그 결과 순위는 남성 참가자 중에서 최상위권이었으며, 티아보다도 빨리 네 번째 요리를 받았다.

"……그나저나 이 타이밍에 이걸 내놓는 건 심하잖아……."

네 번째 요리는 감자튀김이었다. 안 그래도 튀긴 음식이라 느끼한데, 심지어 양까지 쓸데없이 많았다. 게다가 이것은 네 번째 요리다. 입속에서 퍼지는 농후한 기름은 이 타이밍에서는 보디블로 같은 효과를 보인다. 잘 먹는 코타로조차 무심코 신음이 흘러나오는 상황이었다. 그런 코타로를 향해 티아가 당당하게 웃으며 말했다.

"정 못하겠다면 포기해도 좋다만?"

티아는 때마침 저먼 포테이토를 다 먹은 차였다. 그녀 앞에도 곧바로 감자튀김이 나왔지만, 그것을 앞에 두고도 표정에서는 여유가 사라지지 않았다. 그게 오기라는 것은 코타로도 은연중에 눈치챘지만, 그래도 대단한 정신력이 아닐 수 없었다.

"겼습니다, 뒷일은 맡기겠습니다 황녀 전하— 라고 머리를 숙이면서 말이지!! 오~호호호호!!"

"그래그래— 여긴 우리에게 맡겨도 된다구, 코타로! 스키야키를 꼭 먹게 해줄게!"

티아보다 뒤처지기를 십여 초. 사나에도 저면 포테이토를 다 먹었다. 솔직한 사나에는 힘들어하는 기색이 얼굴에 드러나 버렸지만, 먹는 속도는 전혀 느려지지 않았다. 상품을 향한 욕심 때문에 평소 이상으로 의욕이 넘쳤다.

"어림없는 소리! 남자라는 생물은 말이지, 앞으로 쓰러지는 법이야! 뒤로 쓰러지는 일은 있을 수 없어!"

"말 잘했다! 그 근성을 끝까지 관철해보아라!"

"멋져, 코타로! 하지만 이기는 건 이 사나에야!"

"……다들 굉장하네요오……. 역시이, 제가 우승하는 건 무리일까요오……."

유리카도 나름대로 최선을 다하고 있기는 했다. 그녀는 예선전이 시작했을 때부터 전혀 변함없는 페이스로 담담하게 음식을 먹었다. 표정에서도 힘든 기색은 느껴지지 않았다. 유리카는 많이 먹는 것은 특기이지만, 빠른 속도와는 근본적으로 거리가 멀었다. 그 탓에 유리카는 여유를 유지하면서도 코타로 일행을 따라잡지 못했다. 그리하여 코타로 일행 사이에서는 코타로와 티아, 사나에, 이렇게 세 사람이 각축전을 벌이게 되었다.

예선전은 네 번째 요리를 다 먹으면 통과하게 된다. 그리고 만약 다 먹은 참가자가 많다면 시간을 비교해서 상위 스무 명을 통과시킨다— 그게 규칙이지만, 네 번째 요리까지 다 먹은 사람은 열여섯 명이었기 때문에 전원이 통과하게 되었다. 그리고 그 열여섯 명의 명단 내에는 코타로와 티아, 사나에와 유리카의 이름도 포함돼 있었다.

"후후후, 예선을 통과한 열여섯 명 중에서 네 명이 우리라니 훌륭한 성적이로고."

"아무래도 여자애는 우리뿐인 것 같네."

"너희는 특별하잖냐."

"우리가 특별한가요오?!"

"……넌 그냥 게걸스러운 거지만."

"어째서죠오!!"

티아, 유리카, 사나에를 제외한 나머지 인원은 전부 남성. 게다가 그냥 봐도 많이 먹게 생긴 체격 좋은 사람들이 포진해 있었다. 그러다 보니 자그마한 여자아이인 티아 일행은 이채를 띠었다. 관객의 시선은 이 세 소녀가 거의 다 독점 중인 상태였다.

"안녕, 다들 오랜만이야—!"

그때 한 거한이 코타로 일행에게 다가왔다. 100킬로그램을 족히 넘을 듯한 거구는 걸음을 디딜 때마다 체육관 바닥을 조금씩 흔들었다.

"코타로, 아는 사람이야?"

"아니…… 티아, 너는?"

"모르는 인물이니라. 코스연 관계자가 아니냐?"

"아니에요오. 저런 지인은 없어요오."

낯선 거한이 아는 척하자 코타로 일행은 주위를 두리번거렸다. 근처에 있는 다른 사람에게 말을 건 것은 아닐지 생각한 것이다. 그러나 거한은 곧장 코타로 일행 쪽으로 오더니 눈앞에 멈춰 섰다. 그리고 코타로 일행의 반응을 보고 빙그레 미소 지었다.

"옷차림이 이래서 못 알아보나 보네. 나야 나."

"앗."

코앞에서 그 거구를 확인하고 목소리를 잘 들은 뒤에 코타로는 어떤 인물의 이름을 떠올렸다. 그리고 그 직후, 거한 본인의 입에서 그 이름이 나왔다.

"다이사쿠야. 선레인저의 옐로 샤인."

다이사쿠는『선레인저의 옐로 샤인』이라는 말만 코타로 일행에게 들릴 정도로 작게 속삭였다. 다이사쿠는 정부의 비밀조직에 소속된 몸이라 그 이름을 크게 떠벌릴 수 없었다.

"아아, 기억났어! 별난 곳에서 다 만나네!"

"옐로 아저씨가 온 걸 보면…… 나쁜 녀석 문제야?"

사나에도 말을 골랐다. 이성인이나 이세계인, 지저인 등 선레인저는 특수한 적을 상대하기 위한 조직이다. 다이사쿠가 이곳에 온 것을 보면 그런 적이 와 있을 가능성이 있었다.

"그렇다는데? 나쁜 녀석."

"지금 시비 거는 게냐?! 소녀가 나쁜 녀석이라면 그대는 그 앞잡이잖느냐!!"

"듣고 보니 그러네."

"아하하, 오늘은 사적으로 온 거야. 나도 상품이 욕심났거든. 먹는 건 특기니까."

눈싸움을 시작한 코타로와 티아 사이에 스무스하게 끼어들며 다이사쿠는 자신의 사정을 얘기했다. 그는 여전히 배려심이 넘치는 남자였다.

"그렇다며언, 강적이 나타난 거네요오~."

"그러게. 옐로 아저씨는 볼 때마다 뭔가를 먹고 있었던 것 같은데……."

"져줄 생각은 없어! 다들 멋진 시합을 펼쳐보자!"

옐로 샤인의 힘차고 시원시원한 선전포고. 그것은 본디 옐로가 아니라 레드의 역할 아닌가 하는 생각이 안 드는 것도 아니었지만, 코타로 일행 앞에 강대한 적이 등장했다는 건 틀림없는 사실이었다.

준결승전은 예선전 다음 날 정오부터 진행된다. 그리고 결승전은 같은 날 저녁이다. 상당한 강행군이지만 토, 일 양일 개최인 이상 필연적으로 이렇게 구성될 수밖에 없었다. 예선전은 참가자가 많은 만큼 요리도 많이 준비해야 하니 하루를 통째로 써야 하고, 준결승전과 결승전을 같은 날에 치르면 배가 꺼질 틈이 없는 만큼 결승전을 일찌감치 끝낼 수 있다. 월요일부터는 평범하게 일하는 사람이 대부분이므로 이런 일정이 될 수밖에 없었다.

"⋯⋯그걸 모르는 것도 아니면서, 그런 바보짓을 하냐!!"

"그, 그치마안, 김 찹쌀떡이 너무 맛있어 보였다구요오!!"

"솔직히 말하자면, 소녀도 그 유혹에 버티느라 힘들었느니라."

"아무리 그래도 그렇지, 많이 먹기 선수권 대회 당일에 쓸데없이 배를 채우면 어떡하니?"

"그치만, 그치마안, 공짜로 얼마든지 먹어도 된다고 하잖아요오!!"

"이 멍청이〜〜〜!!"

준결승전이 시작되기 전 남는 시간에 코타로 일행은 함께 열린 각종 이벤트를 보며 돌아다녔다. 그러나 그게 화근이 되었다. 아침부터 계속된 공복을 버티지 못한 유리카는 방문객을 위해 준비된 서비스 찹쌀떡을 손대고 말았다. 그 만행을 알아차린 코타로 일행은 황급히 그녀를 말렸지만, 이미 꽤 많은 떡이 유리카의 뱃속으로 사라진 뒤였다.

"……이렇게 한 명 탈락인가……."

"예전부터 바보 같다고 생각하긴 했었다마는……."

"이렇게 된 이상 우리 셋이 최선을 다할 수밖에 없어!! 근성을 보이자!!"

"죄송해요오, 죄송해요오, 태어나서 죄송해요오!!"

유리카가 전력 외라는 것은 명백했다. 떡은 그녀의 뱃속에서 수분을 흡수하며 부풀어 오를 뿐. 게다가 준결승전 시작 시각이 눈앞이라 배를 꺼뜨릴 여유도 방법도 없었다. 준결승전이 시작하기도 전에 유리카의 운명은 결정되었다.

준결승전부터는 상점가 맛집의 메뉴가 그대로 등장한다. 사전 인기투표를 통해 결정된 상위 4위부터 10위까지의 맛집이 요리를 하나씩 제공하게 되어 있었다. 배가 너무 많이 차면 결승전 때 지장을 주기 때문에, 준결승전에서는 그 여섯 가지를 먹는 속도를 겨룬다. 빠르게 접시를 비운 상위 네 명이 결승전에 진출하는 것이다. 그리고 그 결승전에서는 사전 인기투표에서 1위~3위를 차지한 최고의 맛집에서 판매하는 메뉴가 등장할 예정이었다.

"……아아아아아아, 찹쌀떡 따위에 낚이지 말았어야 했는데에……. 여기서 나오는 음식이 더 좋은데에……."

"자, 이제 유리카는 머릿속에서 치워버리자."

"치우지 말아주세요오오오오옷!!"

"걱정하지 마, 코타로. 나만 믿으시라! 우승자는 바로 이 사나에랍니다!"

"어째서 소녀가 지는 것을 전제로 얘기하느냐! 우승자는 당연히 소녀이니라!"

"그렇군. 긍정적으로 생각하자. 지나간 일로 끙끙 앓는다고 나아지는 것도 아니니까."

"아직 시작하지도 안았다구요오!!"

준결승전이 되자 관객 숫자가 부쩍 늘어났다. 그래서 참가자 열여섯 명은 대기실에 집합하게 되었다. 경기장인 시립 체육관은 각종 이벤트 용도로 사용되는 경우도 상정해서 세워졌기 때문에 큼지막한 대기실이 갖춰져 있었다. 열여섯 명이 들어가도 충분히 넓은 정도였다. 그리고 코타로 일행이 그곳에 들어가자 옐로 샤인 다이사쿠가 일행을 알아보고 다가왔다.

"다들 안녕. 기합은 충분한가 보네."

코타로 일행의 목소리는 벽을 뚫고 다이사쿠의 귀까지 닿았다. 내용까지는 몰라도 그 기개는 전해졌다.

꼬르륵.

"……후후후, 그러는 다이사쿠 씨도 의욕이 넘치시는걸요."

"아차, 쑥스러운걸."

다이사쿠의 의욕은 위장의 활발한 활동으로 표현되었다. 다이사쿠가 대식가라는 것은 모두가 아는 바다. 그리고 유리카와는 다르게, 확실하게 배를 비워둔 것을 보아 대단히 의욕적이라는 것을 분명하게 알 수 있었다.

"그래도 상품권은 꼭 갖고 싶으니까, 어른스럽지 못하다는 건 잘 알지만 우승을 노릴 거야."

그때 다이사쿠의 감정에 아주 약간 변화가 일어났다. 쑥스럽다는 감정은 그대로지만, 그 일부가 조금 다른 쑥스러움으로 치환되었다. 그 미묘한 변화를 감지한 사나에는 빙그레 웃으면서 다이사쿠의 배를 팔꿈치로 찔렀다.

"앗, 혹시 여친을 위한 거야?! 데이트 자금이 필요하구나?!"

"어어, 그렇게 티 나?"

"에헤헤헤헤헤~."

"인마 사나에, 멋대로 마음을 읽으면 쓰냐. 미안해요, 다이사쿠 씨."

사나에가 영력을 읽었다고 생각한 코타로는 황급히 다이

사쿠에게 사과했다.

"그런 짓 안 했거든요―. 정말, 내가 그렇게 못 미덥나……."

"이번에는 소녀도 알아차릴 정도였느니라. 코타로가 둔감할 뿐이야."

"……저는 몰랐어요오."

하지만 실상은 달랐다. 소녀의 섬세한 감각이 다이사쿠의 변화를 포착했을 뿐, 사나에는 영력을 사용하지 않았다. 그래서 사나에는 불만스러운 듯 뺨을 부풀리고는 코타로의 등에 슬금슬금 기어올랐다. 그리고 코타로의 머리에 턱을 올리고 물리적인 압력을 가하면서 항의했다.

"반성은?"

"미안해, 사나에."

"거기에 세 배의 애정을 담아서."

"제 무례한 행동을 사과드립니다, 사나에 아가씨."

"음, 용서해주마."

다이사쿠는 그런 코타로와 사나에의 훈훈한 모습을 지켜보며 싱글벙글 웃었다. 솔직한 다이사쿠는 자신도 연인과 그렇게 되기를 바랐다.

"그런데 그 여자친구는 어떠한 인물이냐?"

선레인저의 옐로 샤인 다이사쿠에게 연인이 생겼다는 사실에는 티아도 대단한 관심을 보였지만, 도리를 잘 지키는 그녀는 인적사항을 직접 캐묻지 않고 두루뭉술하게 물어보았다.

"음…… 섬세하고 귀여운 사람이지만, 오해받기 쉬운 이미지라 걸핏하면 손해를 보고……."

"그래서 내버려 둘 수 없었던 건가요오?"

유리카도 순정만화의 범위 내에 들어가는 여심 정도는 알고 있었다. 그래서 솔직하고 순박한 청년인 다이사쿠의 연애는 유리카도 이해할 수 있는 이야기였다.

"내버려 둘 수 없었다…… 글쎄, 그렇게까지 확실한 이유는 아니었던 것 같은데……?"

"사람의 마음이라는 게 그런 법이니라. 마음은 한 가지 감정만으로는 움직이지 않아."

"그러네. 넓게 보면, 내버려 둘 수 없었다는 말이 맞는 것 같아."

다이사쿠는 티아의 말에 크게 고개를 끄덕였다. 그가 연인에게 보내는 감정은 몇 가지가 있었고, 그것이 합쳐져서 그녀 버팀목이 되기를 원하게 되었다. 즉 내버려 둘 수 없었다고 할 수 있었다.

"그런 연인과의 데이트 자금이 필요한 거라면…… 질 수 없겠네요, 다이사쿠 씨."

"응, 오늘은 승리를 양보해줄 생각 없어. 상대가 너희여도 말이지."

"저희도 비슷합니다. 그러니…… 멋지게 붙어보자고요."

"응!"

코타로와 다이사쿠는 주먹을 맞댔다. 둘 다 남자이기 때문에 서로의 마음가짐을 손에 잡힐 듯이 알 수 있었다. 그리고 주먹 너머에 있는 상대야말로 오늘 최대의 적이라는 점도 똑똑히 이해했다.

준결승전 메뉴는 전부 여섯 가지다. 유서 깊은 양식집의 비프 스튜, 상점가 입구에 자리 잡은 타코야키 가게의 파 타코야키, 돈가스 가게의 돈가스 덮밥, 오래된 닭고기 요리점의 닭꼬치, 중화요리점에서는 회과육, 다국적 식당에서는 케밥 샌드위치. 전부 상점가에서 명성이 자자한 가게의 인기 메뉴다. 이 여섯 가지를 먹는 속도를 겨뤄서 상위 네 명이 결승전에 진출하게 된다.

"……이젠 무리예요오……. 아아아아, 이렇게 맛있는데에…… 찹쌀떡 같은 걸 먹지 말걸 그랬어요오……."

가장 먼저 탈락한 사람은 역시나 유리카였다. 타고난 식탐에 힘입어 비프 스튜는 돌파했지만, 묵직한 밀가루 음식인 타코야키의 벽은 높았다. 유리카는 절반인 다섯 개를 먹은 시점에서 백기를 들었다. 그러나 찹쌀떡까지 합쳐서 총량을 계산하면 그녀가 먹은 양은 절대로 적지 않았다. 실패

원인은 순전히 경기 전에 찹쌀떡을 먹은 탓이었다.

"그러냐, 안 됐네."

"출구는 저쪽이야."

"아참, 루스 일행에게 시간이 좀 걸릴 것 같다고 전해주겠느냐?"

"다들 좀 더 따스한 말을 해줄 순 없나요오?!"

"말 걸지 마. 우린 바쁘다고."

"으윽, 우우웃…… 세상은 각박해…… 우우우우웃."

불행하게도 유리카의 기권은 코타로 일행의 동정을 사지 못했다. 유리카는 홀로 쓸쓸하게 준결승전 무대에서 내려갔다.

"……코타로 군, 저렇게 놔둬도 괜찮겠어?"

"이번만큼은 완전히 자업자득이거든요."

"그렇구나…… 분위기는 달라도, 확실히 메구하고 비슷한 타입이었지."

배가 꽉 찬 유리카가 무대에서 내려간 뒤에도 코타로와 다이사쿠의 먹는 속도는 조금도 떨어질 기미가 없었다. 오히려 두 사람이 환장하는 음식인 돈가스 덮밥이 나오자 속도는 더욱 빨라졌다.

"……끄읍?!"

하지만 바로 그때 문제가 터졌다. 다이사쿠에게 뒤처질세라 필사적으로 돈가스 덮밥을 욱여넣던 코타로의 목에 밥덩이가 걸리고 말았다.

"흐그그극, 우웁."

퍽퍽퍽.

코타로는 황급히 가슴을 두드렸다. 충격을 줘서 밥덩이를 어떻게든 식도 아래로 밀어내보려고 했지만, 불행히도 밥덩이는 꿈쩍도 하지 않았다. 하는 수 없이 코타로는 자기 테이블에 마련된 물잔에 손을 뻗었다.

"꿀꺽꿀꺽…… 푸하아."

대량으로 투입된 생수가 꽉 막힌 식도를 뚫어주었다. 덕분에 코타로는 일단 위기를 모면하게 되었다.

"코타로 군, 괜찮니?"

"네, 어찌어찌 넘겼네요."

"사람 놀래키지 말라구, 코타로."

"마음만 급해서 생각 없이 입에 넣으니 그런 것 아니냐."

"미안미안."

그러나 이 일련의 소동이 코타로의 식사 페이스를 완전히 망가뜨렸다. 다시 목이 막히면 그만큼 시간을 손해 본다는 생각이 무의식중에 먹는 속도를 늦추었다. 그리고 식도를 뚫느라 마신 물이 위를 압박했는데, 설상가상으로 위장 안의 음식물이 물을 빨아들여서 팽창하기 시작했다. 상위 네 명이라는 좁은 문을 통과해야만 하는 상황에서는 치명적인 핸디캡이었다.

"……코타로는 힘들지도 모르겠군."

"이렇게 된 이상 우리끼리 어떻게든 하자!"

"그럴 수밖에 없을 것 같구나!"

코타로의 상태가 심상치 않다는 걸 알아차린 사나에와 티아는 반대로 먹는 속도를 높였다. 다이사쿠에 비하면 다소 느린 편이긴 해도 아직 상위 네 명에 들어갈 가능성은 남아 있었다.

"포르트제 황가에 패배란 없다!"

"소녀틱 파워로 상품을 차지할 거야!"

코타로의 페이스 다운에 낙담하고 같이 포기해버리는 건 성급한 행동일 것이다. 그녀들은 승리와 상품이라는 물질적인 이익을 마음의 지주로 삼고, 앞서나가는 다이사쿠의 추격을 개시했다.

준결승전을 1위로 돌파한 사람은 경기 내내 안정적으로 강한 모습을 보여준 다이사쿠. 이어서 2위는 토박이 어부. 그리고 3위와 4위는 티아와 사나에였다. 유감스럽게도 코타로는 5위로 결승 진출에 실패했다. 역시 도중에 페이스가 흐트러진 게 문제였다.

"……둘 다 미안."

"아무리 그래도 그런 사고까지 책망할 생각은 없느니라.

뒷일은 소녀들에게 맡기거라."

"아쉽게 됐네, 코타로. 이제부턴 열심히 사나에를 응원하라구!"

코타로는 티아와 사나에에게 사과했지만, 정작 두 소녀는 크게 신경 쓰지 않는 듯했다. 코타로가 페이스를 잃은 것은 어디까지나 시합 도중에 일어난 사고 탓이다. 시합 전에 찹쌀떡을 먹고 자멸한 유리카와는 실패의 질이 달랐다.

"그리고 결과를 냉정하게 분석해보면, 만약 코타로가 순위권에 들었다면 소녀나 사나에 둘 중 한 명이 탈락하게 되었을 게야."

"진짜네. 애초에 두 명밖에 뽑힐 수 없었구나."

만약 코타로가 다이사쿠 다음으로 준결승전을 마쳤다면, 3위는 어부이므로 결승 진출권은 하나밖에 남지 않는다. 즉 사나에나 티아 중에 어느 한 명은 준결승전에서 탈락하게 되는 것이다. 따라서 코타로의 탈락으로 인한 타격은 생각보다 크지 않다고 볼 수도 있었다.

"하지만 에이스를 잃은 것은 사실이지. 서둘러서 대책을 세울 필요가 있어."

"코타로도 협력해야 한다?"

"알았어."

출전권만 본다면 결과적으로 문제는 없다. 그러나 결승전에서는 다이사쿠를 쓰러뜨려야만 한다. 그 점을 생각하면 가장 잘 먹는 코타로를 잃은 것은 분명 뼈아픈 손해였다. 그래서 티아와 사나에는 결승전이 시작하기까지 남은 시간을 이용해서 최대한 배를 꺼뜨릴 계획이었다.

　마음만 먹으면 체내에 나노 머신을 주입해서 먹은 것들을 물리적으로 분해해버리는 것도 가능했다. 그러나 지구인에게 불가능한 방법을 쓰는 건 아무리 그래도 이상하지 않냐는 의견에 힘이 실려서 고도의 기술은 쓰지 않기로 했다. 그에 비해 영력은 지구인도 쓸 수 있는 능력이라서 그쪽을 이용하게 되었다. 물론 사나에가 진심으로 영력을 쓰는 것은 반칙에 가까운 행동이므로, 혈액순환을 좋게 해주는 정도로 제한하기로 했다.

"사나에 필살, 유체이탈 페인트!"

"뭐냐 그게! 치사하다, 사나에!"

"그럼 넌 티어밀리스 철판 가슴 디펜스라도 하는 게 어때?"

"이놈이, 먼저 죽고 싶으냐?!"

　결과적으로 티아와 사나에가 배를 꺼뜨리려고 한 일은, 주로 운동이었다. 달리고 점프하고 공을 던지고 격투기를 하는 등 생각나는 운동을 총동원해서 두 소녀는 끊임없이 몸을 움직였다. 그리고 코타로는 그런 그녀들과 어울려주었다.

"……좋아, 슬슬 끝낼까."

결승전이 시작하기 까지는 다섯 시간의 여유가 있었다. 코타로는 그중 네 시간이 지났을 때 사나에와 티아에게 운동 종료를 선언했다.

"왜? 아직 시간 남았잖아."

"그래. 조금이라도 칼로리를 더 소모해야 하지 않겠느냐."

하지만 아직 한 시간이 남았기 때문에 사나에와 티아는 좀 더 움직이고 싶었다. 그러나 코타로는 고개를 가로저었다.

"냉정하게 생각해봐. 운동을 마친 직후에 밥을 먹을 수 있겠어? 그리고 너희도 샤워하고 옷 갈아입을 시간이 필요할 거 아냐."

칼로리를 생각하면 아슬아슬한 순간까지 운동해야 하지만, 신체의 기능적인 면을 생각하면 슬슬 그만두고 안정을 취하는 쪽이 낫다. 그리고 코타로는 평소에 섬세함이 부족하다는 둥 뭐라는 둥 하는 잔소리를 들을 때가 많았기 때문에, 그런 방향으로도 배려심을 발휘해보았다.

"……듣고 보니 확실히 그렇군. 다소 쿨 다운할 시간이 필요한가."

"에헤헤, 코타로는 나랑 티아가 귀여운 모습으로 결승에 나가주길 바라는구나?"

"그런 뜻으로 한 말 아니다."

"쑥스러워하기는~. 사실은 나랑 티아가 귀여워서 행복하다는 거 다 알거든?"

"걱정하지 말거라. 그대가 자랑할 수 있는 아리따운 황녀의 모습으로 결전의 무대에 올라갈 생각이니까."

"그러니까 아니라고!"

처음에는 코타로의 말에 반대하던 티아와 사나에는 제대로 설명을 듣고 찬성했다. 무슨 일이든 과하면 좋지 않다는 것은 두 소녀도 잘 알고 있었다.

결승전 시작 시각이 코앞으로 다가왔다. 코타로는 준결승전에서 탈락했기 때문에 무대에 올라간 것은 사나에와 티아 둘뿐이었다. 그래서 그녀들은 막연한 불안감을 느꼈다. 그나마 나머지 결승 진출자 중 하나가 다이사쿠라서 불안감은 어느 정도 줄어들었지만, 그렇다고 마냥 좋아할 수는 없었다. 그 다이사쿠야말로 사나에와 티아를 방해하는 최대의 적이었으니까.

"여자애라고 해서 우승을 양보해줄 생각은 없어."

"잘 안다. 상대로 부족함이 없는 적수로다!"

"그래도 결국 내가 우승할 거니까, 대회는 뜨겁게 달아오를 거야!"

"서로 후회가 남지 않는 싸움을 하자."

"응!"

"동감이니라!"

두 소녀는 다이사쿠와 인사한 후 자신들에게 배정된 자리로 이동했다. 그렇게 하며 두 소녀는 더욱 강한 투지를 드러냈다. 최대의 적은 분명 다이사쿠일지도 모른다. 그러나 쓰러뜨려야 하는 적은 눈앞에도 있었다.

"이번에야말로 내가 이길 거야! 스키야키를 내 손안에!"

"그렇게는 못 할 게다. 소녀들이 상품을 가지고 돌아가는 것과 개개인의 승부는 다른 문제이니까!"

처음에는 적으로 만난 사나에와 티아는 친한 친구가 된 지금도 승부를 다툴 때는 한 발짝도 물러나지 않았다. 비단 정신연령이 낮다거나, 지는 게 싫다거나 하는 사정만 있는 것은 아니었다. 놀이에는 진심으로 임하는 게 즐겁다는 사실을 두 소녀는 잘 이해하고 있었다. 그러니 지금부터 두 소녀는 우승을 다투는 라이벌 관계였다.

『하루야마 쇼노스케 탄생 500주년 기념 많이 먹기 선수권 대회』! 드디어 모두가 기다리던 대망의 결승전입니다!』

사나에와 티아가 자기 자리에 앉으려는 타이밍에 사회자의 목소리가 시립 체육관에 울려 퍼졌다. 현재 시각은 저녁 일곱 시. 결승전을 시작할 시각이었다. 그리고 사회자는 유창한 말솜씨로 결승전 진행 과정을 설명했다.

『그럼 한 번 더 규칙을 확인하겠습니다!』

결승전은 사전에 진행한 인기투표에서 1위부터 3위를 차지한 요리가 등장한다. 그리고 이 세 가지를 첫 번째로 다 먹는 사람이 우승하는 단순한 규칙이었다.

『……그럼 결승 진출자들을 소개하도록 하겠습니다! 먼저 4위로 통과한 히가시혼간 사나에 양! 그 작은 체구를 봐서는―.』

계속해서 사회자는 단상에 올라간 네 명의 참가자를 순서대로 소개했다. 많이 먹기 대회 결승전에 귀여운 여자애가 두 명이나 남아 있다 보니 사나에와 티아의 소개는 필요 이상으로 꼼꼼하게 진행되었다. 관객들의 뜨거운 호응을 통해 주목도가 높다는 것도 알 수 있었다.

『다들 기다리느라 지치셨겠죠! 저도 그렇습니다! 그러니 바로 시작하겠습니다! 첫 번째 메뉴는 바로 이것입니다아아앗!!』

규칙 및 참가자 소개가 끝나자 사회자는 체육관 단상에 설치된 대형 액정 화면을 가리켰다. 그러자 지금까지 화면에 떠올라 있던 참가자들의 얼굴이 인기투표에서 3위를 차지한 메뉴, 카레 전문점의 비프 카레로 전환되었다.

"이겼다!"

그 순간 다이사쿠는 자신의 승리를 확신했다. 카레는 다이사쿠가 가장 좋아하는 음식이다. 게다가 이번에 등장한 비프 카레는 다이사쿠가 매일같이 다니는 카레 전문점에서 특히 잘 나가는 메뉴였다.

그리고 실제로 사회자가 시작을 선언한 순간부터 다이사쿠가 일방적으로 리드하는 양상을 보였다.

　"카레는 마실 것! 이길 수 있어, 이거라면 이길 수 있다고!"

　다이사쿠는 카레를 거의 수프처럼 흡입하고 있었다. 그가 하는 말마따나 마시는 것에 가까울 지경이었다. 그래서 카레 2인분이 그의 뱃속으로 사라질 때까지는 몇 분도 걸리지 않았다. 그 시점에서 나머지 세 사람은 겨우 3분의 1가량 먹었을 뿐이었다. 다이사쿠가 승리를 확신하는 게 당연할 정도로 압도적인 차이였다.

　"저 녀석은 괴물이란 말이냐……."

　"몸 구조가 어떻게 되어 있는 걸까……."

　다이사쿠가 먹는 모습에 질려버린 티아와 사나에는 자기도 모르게 숟가락을 움직이던 손을 멈췄다. 속도 경쟁에서는 치명적인 실수라는 사실을 잘 아는데도 심하게 놀란 탓에 손이 멈춰버리는 상황이었다.

　"전하, 사나에 님! 손이 멈추셨습니다!"

　"헛?! 사나에!"

　"아, 응!"

　하지만 위태로운 찰나에 관객석에서 루스가 소리쳤다. 그것을 듣고 정신 차린 두 소녀는 다급히 식사를 재개했다. 루스 덕분에 시간 손해는 최소한으로 그쳤다.

"아직 두 개 남아 있다! 충분히 역전할 수 있어!"

"힘내자, 티아!"

티아와 사나에는 비록 경쟁하는 관계이긴 하지만, 다이사쿠와 차이가 벌어진 현 상황에서는 함께 다이사쿠를 쫓는 동지라는 감각 쪽이 강했다. 두 사람은 서로 격려하면서 남은 카레를 먹어치웠다.

"……두 번째는 파스타 같네. 이것도 좋아하는 음식이니까, 정말 이대로 이길 수 있을지도 몰라……."

그때 다이사쿠 앞에 새로운 요리가 준비됐다. 요리를 가져온 인물이 입고 있는 옷은 상점가에서 인기 많은 이탈리아 요리점의 제복이었다. 파스타로 유명한 가게이니 다이사쿠는 파스타가 나올 것이라고 자연스럽게 예상했다. 그리고 파스타도 그가 좋아하는 음식이기 때문에, 만약 예상이 적중한다면 상황은 다이사쿠에게 더욱 유리하게 흘러갈 터였다.

"……아, 맞다!! 깜빡했어!!"

그러나 요리를 덮고 있던 금속 덮개가 제거된 순간 다이사쿠의 표정이 얼어붙었다.

"그 가게에서 가장 잘 나가는 메뉴는 오징어 먹물 파스타였지!!"

대식가인 다이사쿠도 가리는 게 몇 가지 있는데, 그중 하나가 오징어 먹물이다. 독특한 풍미와 새까만 색깔이 예전부터 감각적으로 그와 맞지 않았다.

"운이 없구나…… 크으윽."

평범한 인기투표였다면 오징어 먹물이 들어간 파스타는 상위권에 자리 잡지 못할 것이다. 그러나 오징어 자체가 킷쇼하루카제시의 특산물인 데다 오징어 먹물 파스타는 계절 한정 메뉴였다. 그래서 오징어가 제철을 맞이한 지금 이 시기만큼은 압도적인 인기를 자랑했다. 많이 먹기 선수권 대회가 이 타이밍에 개최된 탓에 일어난 악몽이라 할 수 있었다.

"사나에, 다이사쿠의 움직임이 멈추었다!"

"진짜네! 이 기회에 따라잡자!"

다이사쿠는 압도적인 빠르기로 카레를 먹어치웠지만, 오징어 먹물 파스타로 메뉴가 바뀐 순간 소식하는 여자아이에 버금가게 먹는 속도가 느려졌다. 티아와 사나에가 따라잡을 절호의 기회였다.

"하하하하핫, 이거 나한테도 기회가 찾아왔구만!"

그러나 티아와 사나에만 기세가 붙은 것은 아니었다. 두 번째 음식이 오징어 먹물 파스타라는 것을 알자마자 나머지 한 명의 참가자도 카레를 먹는 속도를 끌어올렸다.

"맞다, 저 사람 어부였지!"

"크윽, 간단히 이길 수는 없나!"

토박이 어부가 오징어를 꺼릴 리 없다. 오히려 친숙하다면 친숙할 것이다. 다이사쿠에게는 핸디캡일지라도 어부에게는 둘도 없는 기회. 그것도 사나에와 티아 이상으로 금쪽같은 기회였다.

두 번째 요리로 넘어간 네 사람의 싸움은 혼전 양상을 보였다. 1위였던 다이사쿠는 오징어 먹물에 고전하느라 순위가 급락해서 지금은 최하위였다. 2위, 3위에는 티아와 사나에가 자리 잡았으며, 현재 1위는 토박이 어부가 차지하고 있었다. 그러나 네 사람 간의 차이는 그렇게 심하지는 않기 때문에, 세 번째 메뉴로 무엇이 나오느냐에 따라 누구나 역전할 수 있는 상황이었다.

"이런 흐름은 예상치 못했느니라!"

"말할 시간에 먹어, 먹어!"

언제나 기운 넘치고 잘 먹는 편이라지만, 결국 몸집이 자그마한 여자아이인 티아와 사나에도 서서히 한계가 다가오고 있었다. 끝까지 지금 페이스를 유지하느냐 마느냐는 이제 근성 문제였다. 그러나 다행히도 근성이라면 둘 다 아직 다소 여유가 있었다. 입가가 먹물로 얼룩진 탓에 소녀다운 면모는 진작 사라졌지만, 불꽃같은 집념이 눈에서 이글거리고 있었다.

"좋아, 다음 요리를 가져와!"

그때 앞서나가던 어부가 오징어 먹물 파스타를 다 먹었다. 역시 자주 먹어본 요리라는 점이 큰 플러스 요소로 작용한 덕분에 그도 다소 여유가 남아 있었다.

『자, 드디어 토박이 어부인 사사야마 선수가 마지막 요리에 돌입했습니다! 여러분, 이제 슬슬 감이 잡히시겠죠! 최후의 요리는 바로 이것입니다!!』

사회자의 흥분 섞인 목소리가 울려 퍼지는 가운데, 어부의 눈앞에 세 번째 요리가 놓였다.

"설마, 마지막에 이걸 내놓을 줄이야……. 어쩐지 지금까지 안 나오더라니……."

세 번째 요리는 라멘이었다. 인기 요리의 상위권에 이것이 포함되지 않을 리 없으므로 등장 자체는 누구나 예상했을 것이다. 하지만 이 타이밍에 나오리라는 것은 예상 못 했을지도 모른다. 왜냐하면, 문제의 라멘은 지역 명물 하루카제 돼지의 등 비계가 듬뿍 들어가 강렬하게 기름지기 때문이다.

"이보쇼 상공회장, 내가 이기는 꼴은 못 보겠다 이거요?!"

"우, 우연이라네! 의도한 게 아니야!"

이 기름진 라멘은 이미 중년을 지난 어부가 먹기에는 부담스러웠다. 심지어 요리를 두 개나 먹어치운 타이밍에 나왔으니, 어부가 아니더라도 음모를 의심하게 되는 상황이었다.

"사나에!"

"응!"

티아와 사나에는 남은 파스타를 꾸역꾸역 입에 집어넣었다. 파스타에서 다이사쿠가, 라멘에서는 어부가 주춤하고 있다. 이 기회에 스퍼트를 올려야 두 사람이 이길 가능성이 생긴다.

"아뿔싸?!"

"이제 호불호를 따지고 있을 때가 아니야!"

티아와 사나에가 스퍼트를 올리자 어부와 다이사쿠도 먹는 속도에 박차를 가했다. 그러나 역시 내키지 않는 메뉴라는 점이 발목을 붙잡아서 속도는 생각보다 빨라지지 않았다.

"기, 기권……."

그리고 어부는 결국 등 비계 라멘의 벽을 넘지 못하고 기권했다. 기를 쓰고 반 정도까지 먹긴 했지만, 역시 나이를 당해낼 수는 없었다.

"티아, 저 사람 항복했나 봐!"

"이제 승기를 굳히면 되겠구나!"

"그렇게는 안 될걸!"

그러나 어부의 기권과 때를 같이해서 다이사쿠가 오징어 먹물 파스타를 다 먹었다. 질색하는 오징어 먹물이라 급제동이 걸리고 말았지만, 이제 그 고비는 넘어갔다. 다이사쿠는 카레 못지않게 라멘도 좋아했다. 그의 몸은 카레와 라멘으로 이루어졌다 해도 과언이 아니었다. 그래서 먹는 속도는 카레 때와 거의 같았다.

"옐로 아저씨?!"

"왔느냐, 괴물 녀석!!"

"라멘도 마실 것!!"

사나에와 티아는 이미 라멘을 반 이상 먹었다. 그러나 다이사쿠가 먹는 속도는 두 사람을 아득히 웃돌았다. 놀랍게도 다이사쿠가 두 사람을 앞지를 가능성마저 충분히 엿보일 정도였다.

"서두르거라, 사나에! 이젠 일각의 유예도 없느니라!"

"반드시 이길 거야! 우승자는 이 사나에다아아앗!!"

"메구, 반드시 우승해서 데이트 자금을 마련해갈게!!"

다이사쿠가 아무렇지도 않게 폭탄 발언을 했지만, 지금 티아와 사나에의 귀에는 그의 목소리가 닿지 않았다. 눈앞의 라멘을 모조리 먹어치우는 것. 지금 두 사람에게는 그것이 전부였다. 시합은 이제 식욕 운운하는 차원을 넘어선 경지에서 펼쳐지고 있었다.

"소녀틱 파워어어엇!!"

"이 정도로 황가를 이길 수 있으리라 생각하지 마라아아앗!!"

"메구우우우우우!!"

결판이 나기 까지는 겨우 몇 분밖에 걸리지 않았다. 하지만 당사자인 세 사람의 감각으로는 몇 시간에 달하는 격전처럼 느껴졌다. 라멘 면발이 줄어드는 속도를 이렇게 느리게 느껴본 적은 세 사람 다 태어나서 처음이었다.

『시합 종료오오오오오오오!!』

세 개의 그릇은 거의 동시에 바닥을 보였다. 그래서 세 사람은 그 시점에서는 누가 우승했는지 알 수 없었다. 사회자가 우승자의 이름을 부르기를 초조한 마음으로 기다려야 했다.

『우승자는 놀랍게도, 히가시혼간 사나에 양입니다!! 대다수의 예상을 뒤엎고 멋지게 우승을 거머쥐었습니다!!』

우승자는 사나에였다. 사나에는 근소한 차이로 다른 두 사람보다 먼저 국물을 비우고 테이블 위에 그릇을 내려놓았다.

"해애애냈다아아아아아아아!!"

그리고 자신의 이름이 울려 퍼진 순간, 사나에는 양손을 머리 위로 번쩍 들어 올리며 날아오를 듯한 기쁨을 폭발시켰다.

사나에가 승리한 비결은 근성이라는 한 단어로 표현할 수 있으리라. 어떻게든 이기고 싶다는 마음이 다른 두 사람을 상회했다. 엄밀하게 따지자면 영력의 영향으로 다른 두 사람보다도 신진대사가 활발한 덕을 보았다고 할 수 있을지도 모른다. 하지만 그것은 어디까지나 부차적인 문제다. 마지막까지 그릇을 비워낸 것은 틀림없이 그녀의 의지력이었다.

"미안해 메구. 간발의 차이로 져버렸어……."

"어쩔 수 없지. 다이사쿠 군은 최선을 다했잖아. 이번엔 운이 나빴을 뿐이야."

"고마워, 메구."

"그리고 저 미소를 빼앗는 건 너무하잖아?"

2위는 다이사쿠였다. 연인과 데이트 할 때 쓸 자금을 마련하기 위해 끝까지 최선을 다했지만, 아쉽게도 뒷심이 부족했다. 이는 오징어 먹물의 영향 탓이다. 콧속에 희미하게 남은 오징어 먹물 냄새가 아주 살짝 속도를 늦춘 것이었다.

"……이런, 이런. 패배해버렸나……."

티아는 3위였다. 그녀의 신체 능력은 뛰어나지만, 체격만을 따지자면 가장 작다. 그녀의 패인은 전적으로 위장의 부피가 작은 탓이었다. 만약 몸과 위장이 조금만 더 컸다면 우승은 틀림없이 티아의 차지가 됐을 것이다.

"허나, 이건 이것대로 좋을지도 모르겠구나……."

티아는 시합이 끝난 직후에는 패배했다는 사실이 무척 불만스러웠다. 그러나 신기하게도 지금은 그 불만이 사라졌다. 그렇게 느끼게 된 것은 시상식을 마친 사나에가 보인 행동 덕분이었다.

"코타로, 코타로! 이것 좀 봐봐! 내가 딴 인형이야!"

"오오오! 가까이에서 보니까 엄청 크잖아!"

시합 내내 상품권과 스키야키 노래를 부르던 사나에. 그러나 막상 시상식을 마친 그녀가 가장 먼저 한 일은 부상으로 받은 『하루야마 쇼노스케』 인형을 코타로에게 보여주는 것이었다. 티아는 사나에가 그렇게 하는 이유를 잘 알았다. 뽑기 게임기에서 인형을 뽑지 못한 아쉬움이 줄곧 마음 한구석에 남아 있던 것이리라.

　"그렇게 되었으니, 사나에를 전력으로 칭찬하려무나!"

　"잘했어, 사나에."

　"좀 더 남자다운 얼굴로!"

　"대단하오, 브라더☆"

　"인형한테도 한마디 해!"

　"이렇게 행차해주셔서 감사합니다, 쇼노스케 님."

　"음, 편히 있거라, 편히 있거라!"

　그리고 사나에는 인형을 자기 실력으로 뽑고 싶다는 마음과 비슷하거나 그 이상으로 코타로에게 자랑하고 칭찬받고 싶었다. 돌아갈 때까지가 소풍이라는 말이 있듯이, 사나에에게는 코타로에게 자랑하고 칭찬받는 것까지가 인형을 뽑는다는 행위인 것이었다.

　"……이거야 원, 당연히 사나에가 이길 수밖에. 소녀는 이미 인형을 뽑고 칭찬받은 뒤이니까……."

　인형을 품에 안고 떠들어대는 사나에를 보며 티아는 순순히 자신의 패배를 인정했다. 인형을 뽑겠다는 욕심만큼 사나에가 강했다. 티아로서도 납득할 수 있는 결말이었다.

"……그런데 사나에, 이걸 어디에 두려고 그래?"

"방에 두면 되잖아. 한복판에 두자!"

"이 사람 만한걸?"

"사나에의 위대함과 사랑을 매일 느낄 수 있게 되는 거랍니다."

"한 모레쯤부터 걸리적거리느니 어쩌니 하면서 투덜거릴 것 같지만 말이지……."

"됐거든~!"

"잠시 기다려 보거라. 소녀에게 좋은 아이디어가 있으니까."

"뭔데뭔데?!"

"모레부터는 클란과 루스에게 부탁해서—."

하지만 티아는 대회 결과는 그렇다 쳐도 그다음 일까지 납득하고 물러날 마음은 없었다. 그런 것은 사나에도 바라지 않을 터였다. 그것은 바로 이 순간 티아를 바라보고 있는 사나에의 빛나는 눈동자가 증명해주었다. 그래서 티아는 망설이지 않고 사나에가 일으킨 소동에 뛰어들었다.

Episode 4
사랑과 용기의 학력고사?!

　2천 년 만에 모습을 드러내 다시 황제와 황녀를 구하고 나라를 지킨 청기사는 포르트제의 살아있는 전설이 되었다. 그 일거수일투족은 국민의 가장 중요한 관심사가 되어 청기사가 무언가를 할 때마다 큰 소동이 일어났다. 청기사— 즉 코타로가 우려한 것은 정확히 그 부분이었다.

　"코타로, 어제 그대가 몰래 방문한 아이스크림 가게의 주가가 상한가다. 청기사께서 방문하신 가게라면서, 하룻밤 새 엄청난 인기 가게가 됐나 보더군."

　『다녀간 게 들켰다호—!』

　『포르트제에서도 국민의 시선은 날카롭다호—!』

　키리하가 신문 — 종이 매체로 발행된 것이 아닌 디지털로 표시해주는 단말 — 을 한 손에 들고 코타로에게 다가갔다.

이때 코타로는 황궁 영빈관의 거실 소파에 앉아 빈둥대는 중이었는데, 키리하의 말을 듣고 몸을 일으키며 표정을 흐렸다.

"……별론데, 그건."

"에엣?! 그렇게 맛있게 먹었잖아?!"

"사나에, 그런 뜻으로 한 말이 아니야."

청기사라는 존재의 영향력이 너무 컸다. 코타로가 무언가를 하거나 입을 열 때마다 포르트제 사회에 강력한 영향을 주었다. 이번에는 아이스크림 가게였지만, 저번에는 택시가 문제가 되었다. 청기사께서 이용하신 차량이라면서 코타로가 탄 택시가 회사에 전시되는 상황이었다.

그 영향력을 현저히 보여주는 것은 코타로가 어쩌다 보니 매수하게 된 DKI이리라. 특별히 달라진 점이 없음에도 불구하고, 단지 청기사가 소유한 회사라는 이유만으로 매출, 주가, 은행 대출 한도까지 이전과는 비교되지 않을 정도로 증가했다. 물론 여기에는 코타로의 자금 융통 능력이 거의 무한대라는 점도 크게 작용했지만.

이로 인해 긍정적인 영향밖에 없다면 웃고 있으면 될 일이지만, 동종업계 타사에 대한 영향이 무시무시하게 강력했다. 아이스크림과 택시와 DKI의 여파로 다른 회사의 매출이 단숨에 곤두박질쳐버린 것이다. 이래서는 코타로의 행동에 따라 사회와 경제가 휘둘리고 만다. 코타로는 그것을 위험시하고 있었다. 결코 아이스크림 맛 이야기가 아니었다.

"그럼, 무슨 뜻인데 그래?"

"역시 얼른 지구로 돌아가자. 내가 뭘 할 때마다 이 난리여서야. 포르트제가 엉망진창이 돼버릴 거야."

『어쩔 수 없다네, 청기사. 그대는 그만한 일을 해냈잖나.』

"아저씨 말이 맞아. 어쩔 수 없는 일이야. 사토미 군은 정말로 영웅이니까."

"그렇다고 해서 보고만 있을 수는 없잖습니까."

"마키, 사토미 씨라며언, 돈을 많이 벌 수 있지 않을까요오?"

"이제 와서, 사토미 군이 굳이 돈을 벌 이유가 있을 것 같진 않은데……. 안 그래도 포르트제를 원하는 만큼 멸망시킬 수 있을 만한 돈이 있으니까……."

그런 여러 사정을 고려한 결과, 코타로는 빨리 포르트제를 떠나기로 마음먹었다. 역시 과거의 전설을 따라서 포르트제를 떠나는 게 제일이라는 생각이 들었다. 그러나 국민은 아마도 그렇지 않을 것이다. 계속 이곳에 있어 달라고 말하리라. 그러나 코타로는 자신의 영향력 탓에 불행한 사람이 생기는 흐름을 도저히 간과할 수 없었다.

"그럼 결정됐으니, 영차!"

"사토미 군, 어디 가요?"

"티아네한테 돌아가겠다고 말하고 오려고요. 사쿠라바 선배네는 돌아갈 준비를 시작해주세요."

"벌써 돌아가려구요?"

"되도록 서두르는 게 좋지 않을까요?"

"그렇기는 한데…… 내일은 식전과 파티가 있는 날이잖아요. 그게 끝난 뒤에 가는 게 낫지 않을까요?"

"그 식전과 파티야말로, 사회에 대한 영향력이 가장 크다고 봅니다."

"거기까지 생각하고 있다면, 저는 불만 없어요. ……여러분, 돌아갈 준비를 시작해요."

『네~에!』

하루미의 말에 소녀들이 입을 모아 대답했다. 이 자리에 있는 소녀들에게 지구는 그리운 고향이다. 돌아가는 것에 불만은 조금도 없었다. 누구에게나 코로나장과 고등학교가 그리워질 시기였다. 문제는 이 자리에 없는 소녀들. 구체적으로는 티아와 루스, 클란 세 명이었다.

영빈관을 나선 코타로는 티아 일행을 만나러 황궁 복도를 따라 걸었다. 그리고 얼마 되지 않아 황궁에서 일하는 사람들과 연달아 맞닥뜨렸다.

"안녕하세요, 청기사 각하!"

"무언가 필요한 거라도 있으신가요, 각하! 분부는 모쪼록 제게 내려주세요!"

"너, 그런 식으로 앞지르지 않겠다고 약속했잖아?!"

"……거기 너희들, 각하께서 곤란해하시잖아."

『죄송합니다—!』

복도를 오가는 사람들은 많았고, 누구나 바빠 보였다. 현재 포르트제에서는 반달리온 일당의 쿠데타로 뒤틀린 나라를 바로잡기 위한 모든 방책을 마련하는 중이었다. 또한, 종전 분위기 속에서 식전과 파티를 비롯한 공식 행사가 줄줄이 예정돼있는 탓에 눈이 핑핑 돌 정도로 바빴다.

"딱히 필요한 건 없— 아니, 있지 참. 미안한데, 티어밀리스 황녀 전하께서 어디 계신지 알 수 있을까?"

코타로는 포르트제 국민 앞에서는 티아를 티어밀리스 황녀라고 부르며, 동시에 황실이나 기사의 이미지를 지키고자 꼬박꼬박 존댓말을 썼다. 하지만 국민들은 사실 이미 코타로의 진정한 모습을 알고 있었다. 자료로 돌아다니는 영상에는 코타로의 진짜 모습이 찍혀 있었기 때문이었다. 티아나 클란과 함께 있을 때 쓰는 말투나 친밀한 모습, 반대로 말싸움이나 주먹질을 하는 모습 등, 국민들은 그 사실을 알면서도 굳이 언급하지 않았다. 코타로와 티아, 클란 사이에 특별한 인연이 있음은 모두가 아는 바이기에, 그런 인간적인 부분은 오히려 국민에게 사랑받는 요인이었다.

"어디 보자…… 오전 일정은 드레스 치수 측정과 연설 연습, 미디어 취재네요. 아마 지금은 치수 측정 아니면 연습

중이실 테니, 전하께서는 방에 계실 거예요."

"그런가, 고마워."

"야호~! 각하께 도움 되었어~!"

"치사해, 꼭 그런 식으로 자기만의 공로로 만든다니깐!"

"이봐 너희들, 몇 번씩 말하게 하지 마! 각하께서 곤란해하시잖아."

『죄송합니다―!』

우연히 맞닥뜨린 시종장의 따끔한 한마디에 시녀들이 헐레벌떡 흩어졌다. 하지만 그녀들은 단순히 도망치는 게 아니라, 정말로 서두르고 있었다. 그래서 코타로는 오히려 그쪽이 마음에 걸렸다.

"거듭 사과드립니다. 청기사 각하. 실은 전쟁이 끝나고 각하께서 돌아오시자 시녀들이 완전히 들뜨는 바람에…… 그 마음을 모르는 것은 아닙니다만."

"아뇨, 이 정도쯤이야 괜찮습니다. 조만간 진정되겠죠."

"그렇게 말씀해주셔서 감사합니다."

"그건 그렇고…… 역시 바쁜가 보군요?"

"네, 그렇죠. 하지만 이건 기쁨의 비명입니다. 나라에 평화가 되돌아왔으니, 이 정도는 큰일도 아닙니다. 의미가 있는 노동이니까요."

"그렇게 말씀해주셔서 감사합니다."

"각하?! 후후후, 아하하하핫! 각하는 못 당하겠군요!"

그리고 시종장은 코타로와 몇 마디 더 얘기를 나눈 뒤 물러났다. 역시 시종장이니만큼 뛰어다니지는 않았지만, 그래도 코타로에게는 상당히 빠른 걸음으로 보였다.

　"……역시 난 방해밖에 안 되는구나……. 결국은 평화로워지면 영웅 같은 건 무용지물인 법이지……."

　코타로는 쓴웃음을 지으면서 티아의 방으로 향했다. 코타로는 싸울 때는 그런대로 도움이 되지만, 평화로울 때는 평범한 17세 소년에 불과하다. 키리하와는 다르게 정치나 경제 쪽으로 유능한 것은 아니기에 보고 있을 수밖에 없다. 그러면서 영향력만은 이상할 정도로 강력하다. 요컨대 아무것도 안 하는 게 제일. 그것을 실현하려면 지구로 돌아가는 것이 가장 효과적이다. 힘이 강하다면 크게 거리를 두고 격리하는 것은 기본 중의 기본. 나르파라울레인 ― 지금은 분리돼서 다시 두 자루로 돌아갔지만 ― 을 포르트제에 두고 싶지 않다는 사정도 있기 때문에, 이때 코타로는 얼른 돌아가야겠다는 마음을 더욱 확고히 굳혔다.

　"어, 저 인파는…… 여기가 확실하군."

　티아의 방 근처에 도착하자 입구 앞에 사람들이 많이 모여 있었다. 시녀, 정치가, 관료, 재계 관계자 등등. 티아에게 용건이 있는 사람들로 복도는 대단히 혼잡했다.

　『다들 전원이 한꺼번에 말하지 말거라!! 한 사람씩 순서대로 말하기를 바란다―!!』

『전하, 진정하세요.』

"……고생이 많네……."

방 안에서는 티아의 큰 목소리와 루스의 것으로 들리는 조심스러운 목소리가 들려왔다. 아무래도 방 안에도 수많은 사람이 있는 모양이었고, 그녀는 그들에게 대응하느라 정신 없는 모양새였다.

"이래서야 티아에게 직접 말하는 건 무리일 것 같군. 좋아, 그렇다면 그 녀석한테 해야겠다."

코타로는 티아와 얘기하기를 단념하고 발걸음을 돌렸다. 그리고 같은 층에 있는 다른 황녀의 방으로 향했다. 급할 때면 어쩌고라는 속담처럼 목적지는 클란의 방이었다. 현재 황제의 친가인 마스티르 가문이 아니라 슈와이거 가문 출신인 그녀라면 얘기할 여유가 있을지도 모른다는 판단 하의 선택이었다.

"……오, 역시 이쪽은 텅 비었군."

다행히도 클란의 방 앞에는 아무도 없었다. 코타로는 이쪽에 오는 게 정답이었다고 생각하면서 방문 옆에 있는 패널에 손을 댔다. 그러자 패널은 코타로의 생체 데이터를 읽고, 코타로의 방문을 방안의 클란에게 전달할 터, 였는데―

『죄송합니다, 청기사 각하. 현재 주인께서는 방을 비우고 계십니다.』

"얼레…… 너, 혹시 『요람』이냐?"

『네, 각하. 바쁘신 주인을 대신하여 다양한 일을 대행하고 있습니다.』

"싸움이 끝났으니까, 너도 슬슬 좀 쉬어도 될 텐데."

『일하지 않는 인공지능에는 존재의의가 없습니다.』

"그것도 그런가. ……그나저나 클란은 어디 갔는데?"

『이른 아침부터 과학 아카데미에 출타하셨습니다. 2천 년 전의 유전자 조작 및 당시의 영상 데이터 등의 해설과 검증이 주요 목적입니다.』

"그 녀석도 싸움이 끝났더니 바빠진 건가."

『2천 년 전의 객관적 데이터를 가졌으며, 동시에 증언이 가능한 것은 제 주인뿐이니까요.』

"하긴, 엄청 인기 끌겠네. 이거야 원……."

티아도 루스도 클란도 눈코 뜰 새 없이 바쁘다. 그렇다면 세 일레슈나 엘파리아도 비슷하거나 그 이상으로 바쁘리라. 고작 돌아가겠다는 말을 하려고 그런 사람들을 방해하기는 꺼려졌다. 그래서 코타로는 폐를 끼치지 않을 방법을 쓰기로 했다.

"그렇다면…… 좋아. 네게 부탁할 게 두 개 있어."

『무엇이든 말씀하십시오.』

"우선 편지를 세 통 준비할 테니, 기회를 봐서 클란네한테 전해주겠어?"

코타로는 티아 일행과 직접 대화하는 것을 포기했다. 티아 일행에게 편지를 남기고 빨리 포르트제를 떠나기로 마음

먹었다. 시간이 지나면 지날수록 코타로의 존재가 포르트제에 악영향을 끼치게 될 테니 코타로는 이것이 최선의 수단이라고 생각했다.

『네, 알겠습니다.』

"그리고 우리를 지구까지 데려다줬으면 하는데, 가능하겠어?"

코타로의 두 번째 부탁은 지구로 데려다 달라는 것이었다. 처음에는 클란이나 루스 정도에게 부탁할 생각이었지만 그럴 여유는 없어 보였다. 하지만 운 좋게도『요람』의 인공지능과 만난 김에 대신 부탁해보았다.

『가능합니다. 각하께서는 군에 관해서는 황제와 동등한 권한을 가지시므로, 정식으로 명령하신다면 가능합니다.』

"그럼, 명령한다."

『명령을 따르겠습니다. 마이 로드. 영광으로 생각합니다.』

코타로는 알라이아가 정한 특별한 최고사령관이라 명령우선권은 황녀보다도 높다. 게다가 황제에게 개입 받지 않는 특권이 있다. 현실적으로 황제와 동등한 권한을 가졌다 해도 좋으리라. 그래서 클란의 허락을 받지 않아도『요람』에 지구로 데려다 달라고 할 수 있었다.

포르트제 수준까지 과학기술이 진보하게 되면 우주선을 조종할 때 가장 큰 위험은 거의 인간이 조종하는 부분에 있다. 그래서 기본적으로는 어느 우주선도 모든 것을 자동으로 항행할 수 있게끔 만들어져 있다. 그리고 필요에 따라 수동으로 전환해서 쓰는 것이 포르트제의 표준이었다. 티아와 루스가 둘만으로 『청기사』를 조종할 수 있는 것도 이 시스템 덕이다. 그래서 코타로 일행은 별다른 어려움 없이 지구까지 귀환할 수 있었다.

　"코타로, 코타로, 워프는 언제 해?"

　"이미 끝난 것 같은데."

　"뭐어어어어어?! 말해줬어야지!! 고마움이 없잖아!!"

　"나도 알아차렸을 땐 끝난 뒤였다고."

　군용함 클래스에 장비된 공간 왜곡 항법장치— 이른바 워프 엔진이라면 포르트제에서 지구까지는 약 15일이 걸린다. 하지만 공간 왜곡 항법을 실시할 때는 여력으로 함내 시간을 동결하는 게 보통이다. 그래서 코타로 일행이 알아차렸을 때는 2주 남짓한 시간이 지났고, 눈앞 모니터는 지구를 비추고 있었다.

　"지구로 돌아왔구나아……. 오랜만에 보니 가슴이 벅찬걸."

　파랗게 빛나는 지구를 보며 시즈카는 눈부신 듯이 실눈을 떴다. 시즈카는 현대인만큼 지구의 영상 정도는 익히 보았다. 하지만 한동안 지구를 떠나서 생활하다 보니 예전에는 느껴보지 못한 그리움을 느낄 수 있게 되었다. 전투가 끝났다는 사실을, 이 순간 마음 깊은 부분까지 실감하기 시작한 것일지도 모른다.

"애니메이션 같은 데서느은, 그런 말을 하면 죽는다구요오. 함장이라든가아."

"뭐야 유리카, 재수 없는 말 하지 마!"

"아하하하하, 죄송해요오."

물론 지구를 보고 평온함을 느낀 것은 시즈카만이 아니다. 다른 소녀들도 비슷했다. 다들 지구를 벗어나 쉬지 않고 싸우는 동안 크건 작건 부담을 느끼고 있었다. 어느새 소녀들 전원이 함교에 서서 조금씩 커지는 지구의 모습을 지켜보았다.

"사토미 군, 106호실에는 언제쯤 내려갈 수 있나요?"

드물게도 하루미의 목소리가 들떠 있었다. 가족이 없는 멤버도 있으므로 입 밖으로는 꺼내지 않았지만, 그녀는 부모님과의 재회가 기대되었다. 물론 그 대상이 가족이 아닐 뿐, 비슷한 감정은 누구나 품고 있었다. 시즈카는 부모님과의 추억이 깃든 코로나장에 돌아가고 싶었고, 유리카는 쌓인 만화를 읽고 싶었다. 마키도 고등학교 친구나 코스연 사람들의 얼굴이 보고 싶었다. 모든 소중한 것들을 106호실로 돌아간 뒤에 볼 수 있었다. 그래서 모두의 목소리는 들떠 있었고 표정도 밝았다.

"어느 정도 걸릴까?"

『여기서부터는 공간 왜곡 항법을 사용하지 않으므로 정지 궤도까지 약 1시간 30분. 그리고 지상과 연결된 게이트를 만드는 데 1시간. 여유롭게 3시간 정도 걸리겠습니다.』

"세 시간이라아…… 한참 남았네요."

"코타로, 돌아가면 바로 아이스크림 사러 가자."

"포르트제에서 먹은 지 얼마나 됐다고."

"지구 것도 살래! 맛이 좀 다르다구!"

"그래그래."

"사토미 군, 저도 같이 가도…… 될까요?"

"사나에랑 아이카, 그리고 또?"

"나도 가지. 그렇다기보단, 다들 가고 싶은 것 아닌가?"

『이의 없음!』

"……그래, 그럼 그렇게 하자."

그리고 코타로도 같았다. 대답은 소녀들에게 휘둘리는 것처럼 했지만, 이런 생활을 소중하다고 생각하기에 계속 싸울 수 있었다. 그래서 코타로도 소녀들처럼 지상에 내려갈 때까지 남은 세 시간을 길다고 생각했다.

코타로 일행이 106호실에 도착한 것은 1월 31일 밤이었다. 시간이 늦었기 때문에 코타로와 여섯 소녀들은 허겁지겁 쇼핑하러 나섰다. 사고 싶은 것은 아이스크림 말고도 많았다. 책과 만화, 과자, 야구용품 등. 아이스크림을 먹은 뒤에는 각자 원하는 물건을 사려고 상점가로 뿔뿔이 흩어졌다.

"……역시 우리 집이 제일이라니까……."

쇼핑을 마친 코타로 일행은 다시 106호실로 돌아왔다. 방에 1등으로 도착한 코타로는 자기 짐을 대충 던져놓고 바닥에 엎어졌다. 익숙한 다다미 감촉과 다다미를 구성하는 골풀 냄새. 모든 게 코타로의 마음을 평온하게 해주었다.

"그래그래, 그렇게 느끼는 게 가장 중요해."

풀썩.

"꾸엑."

그런 코타로의 등 위에 사나에가 기세 좋게 걸터앉았다. 사나에는 타인의 영파, 특히 코타로의 영파에 민감하므로 그녀가 코타로에게 달라붙어 있을 때의 쾌적함은 코타로가 얼마나 편안함을 느끼느냐에 좌우된다. 그런 점에서 106호실은 역시 최고였기 때문에 사나에는 코타로의 등이 무척 기분 좋았다.

"그리고 사나에를 향한 가늠할 수 없는 애정을 솔직하게 표현하는 거야."

"그렇게 생각하는 것치고 너무 세게 올라탔다고."

"에헤헤헤헤, 미안. 기분 좋아서 힘조절에 실패했어."

"……뭐, 심경을 모르는 것도 아니다만."

"영차."

하지만 평소와는 다르게 사나에는 금방 코타로에게서 떨어졌다. 의아하게 생각한 코타로가 고개를 사나에 쪽으로 돌리자 그녀는 덮어씌울 듯한 기세로 얼굴을 가까이 밀어붙이며 미소 지었다.

"그럼 난 집에 갈게."

사나에가 지구에서 기대하고 있던 것은 106호실만이 아니다. 가족과의 재회도 비슷할 정도로 기대하고 있었다. 코타로에 이어서 가족과 함께 시간을 보내고 싶다는 것은 사나에에게 있어서 당연한 감정이었다.

"그래 가봐. 집이 최고야."

"응. 그럼, 나중에 봐."

"오늘은 안 돌아와도 돼."

"정말— 꼭 그렇게 심술 부린다니깐—. ……그럼 안녕!"

"오냐—."

코타로도 사나에의 마음을 잘 안다. 코타로 자신도 아버지인 유이치로를 보고 싶었기 때문이다. 그래서 코타로는 경쾌한 발걸음으로 현관으로 향하는 사나에를 흐뭇한 기분으로 배웅했다.

"우리도 일단 집에 돌아가려고 한다."

『오랜만의 지저다호—!』

『족장이 기다린다호—!』

사나에 다음은 키리하와 하니와들이었다.

풀썩, 풀썩.

"꾸에엑."

키리하와 하니와들은 사나에 흉내를 내며 코타로의 등에 걸터앉았다. 키리하는 사나에보다 키가 크고, 심지어 가슴과 하니와 몫만큼 무겁다. 사나에처럼 기세 좋게 등에 올라탔을 때의 충격량은 적지 않았다.

"……족장님이랑 코우마 씨한테 안부 전해줘."

그러나 키리하가 상대라면 항의하는 의미가 전혀 없기 때문에 코타로는 대미지가 회복되자 아무 일도 없었던 양 대답했다. 하지만 그것은 키리하가 기대한 리액션이 아니었기 때문에, 그녀는 하니와들에게 눈짓으로 신호를 보냈다.

『호— 호—.』

『호호— 호—.』

"남의 머리 위에서 춤추지 마!"

"후후후……."

쪽.

이 반응에 만족한 키리하는 미소 지으며 코타로에게서 떨어졌다. 그녀는 그 직전에 무언가를 했지만, 머리 위에서 춤추는 하니와들에게 신경이 분산된 탓에 코타로는 그게 무엇인지는 미처 눈치채지 못했다.

"……."

"……."

눈치챈 것은 그 광경을 바로 정면에서 보고 만 시즈카와 마키였다. 두 사람은 동시에 얼굴을 붉히고 완전히 같은 타이밍에 얼굴을 마주 보았다. 그렇게 두 사람은 서로의 눈동자 안쪽에 깃든 감정이 동일하다는 것을 확인하고는 크게 고개를 끄덕였다.

"사·토·미·군!"

"죄송해요!"

풀썩.

"끄헉."

시즈카와 마키는 건강하게 생활하기 때문에 너무 무겁지도, 너무 가볍지도 않았다. 마지막 전투 이후로 그런대로 시간이 지나 화룡제의 마력도 충분히 회복되어 시즈카는 적정 체중으로 돌아왔다. 그러나 두 사람이 동시에 등에 올라타니 체중이 많고 적고는 문제가 아니었다. 갑작스러운 중량 탓에 폐에서 공기가 거의 다 빠져나가서 새로 빨아들이는 것도 힘들었다.

"뭐, 뭐가……."

"우리도 방으로 돌아가기 전에, 사나에나 키리하 씨처럼 인사할까 해서."

"……나쁜 예는 굳이 본받지 않으셔도…… 끄어어, 되, 되는데……."

"미안해요, 사토미 군. 무심결에 부럽다고 생각하는 바람에⋯⋯."

"⋯⋯아, 아이카는, 허락할게⋯⋯."

"그 반응은 뭐야, 사토미 군!!"

"꾸와악?!"

자신과 마키에 대한 반응이 다르다는 점을 불만스럽게 여긴 시즈카는 코타로의 등에 올라탄 채 몸을 크게 흔들어댔다.

"⋯⋯이런 식으로 하면, 되려나?"

그것을 본 마키는 처음에는 놀라움과 걱정으로 눈을 동그랗게 떴지만, 이윽고 자기도 조심스레 따라하기 시작했다.

"끄아아아아아아아악!!"

가뜩이나 무거운데, 두 사람이 하나가 돼서 날뛰기 시작하니 버텨낼 재간이 없었다. 코타로는 순식간에 축 늘어져서 움직이지 않게 되었다.

"사, 사토미 군?"

"아하하하핫. 너무 지나쳤나 보네."

"웃을 일이 아니라구요, 카사기 양⋯⋯."

"그래도 말야, 지금이 기회인 거 아냐?"

"앗⋯⋯."

움직이지 않게 된 코타로를 앞에 두고 두 사람은 다시 얼굴을 붉혔다. 그렇게 잠시 서로 바라본 후, 두 사람은 고개를 끄덕이고서 코타로의 얼굴에 자신들의 얼굴을 가까이 가

져갔다.

　코타로가 의식을 잃은 것은 겨우 몇 분 정도였다. 시즈카
와 마키가 등에서 내려와 머리에 산소가 공급되기 시작하자
코타로는 이내 눈을 떴다. 본격적으로 기절한 것이 아니었
다는 게 다행이었다.

　"……얼레?"

　그러나 눈을 떴을 때의 상황이 의식을 잃기 직전과 달라
졌기 때문에 코타로는 조금 곤혹스러웠다. 코타로는 어느새
똑바로 누워있었으며 등에 가해지던 중량과 숨 막힘도 사라
졌다. 그리고 머리 아래쪽이 말랑하고 부드러웠다. 상황 파
악이 안 된 코타로는 시선을 돌리다가 자신을 내려다보고
있던 누군가와 시선이 교차됐다.

　"이제 일어났군요……."

　"……사쿠라바 선배?"

　"잘 잤어요? 사토미 군."

　코타로를 내려다보고 있던 사람은 하루미였다. 그리고 그
때 하루미의 얼굴과 몸이 보이는 정도와 머리 아래에서 느
껴지는 감촉을 통해서 코타로는 자신이 하루미의 무릎베개
를 베고 있다는 것을 이해했다.

"깜짝 놀랐어요. 방에 들어왔더니 사토미 군이 정신을 잃고 있길래……."

"놀라게 해드려서 죄송합니다. 잠깐 다른 애들이랑 여러 일이 있었거든요."

"저 말고는 기운 넘치는 사람들뿐이니 말이죠. 후후후……."

이야기를 나누는 하루미와 코타로의 얼굴은 평소와 비교도 되지 않을 만큼 가깝다. 하루미는 원래 내향적이라 이런 거리에서 얘기하는 상황 자체가 거의 없었다. 이는 코타로가 기절했기 때문에 할 수 있었던 일이었다.

─역시, 알라이아 폐하와 많이 닮았어……. 다시 태어난 본인이니까 당연할지도 모르지만…….

그리고 이 거리에서 마주 본 덕분에 코타로는 하루미의 얼굴을 구석구석 관찰할 수 있었다. 평소에는 알아차리기 쉽지 않은데, 단지 얼굴형이나 머리 스타일만이 아니라 속눈썹이나 눈썹 등 아주 세세한 부분까지 정말로 알라이아와 쏙 닮았다. 소소하게 표정을 짓는 법 등에서도 거의 차이를 알 수 없었다. 색이 다른 알라이아가 그곳에 있다 해도 과언이 아니었다.

─그래도 사쿠라바 선배는 사쿠라바 선배야. 알라이아 폐하와는 달라…….

그러나 하루미와 알라이아 사이에는 실제로 행동하는 단계에서 차이가 생겼다. 코타로와 동료들, 포르트제 등에 대해 느끼는 감정은 같더라도, 그 외의 것에 대한 감정은 미묘하게 달랐다. 혼이 같더라도 경험이나 지식이 다르니 당연한 일이리라. 그렇기 때문에 지구로 돌아오면 그런 경향은 특히 강해진다. 그리고 그 차이를 보정하던 시그널틴 안에 깃든 알라이아의 혼은 해방되었다. 이제부터 두 사람의 차이는 조금씩 벌어져 나가리라.

"사쿠라바 선배도 이젠 건강해지셨잖아요?"

"설령 그렇다고 해도, 마음 쪽이 그걸 따라잡으려면 시간이 걸린다구요."

하루미가 살짝 볼을 부풀렸다. 이는 알라이아에게서는 볼 수 없는 하루미 특유의 감정표현이었다. 공주님이 아닌 극히 평범한 여자아이. 알라이아는 비로소 되고 싶은 자신이 되었다. 그래서 코타로는 슬퍼하지 않기로 했다. 그런 하루미와 알라이아를 미소로 맞이해주는 것이 자신의 역할이라고 생각하니까.

"분명 선배라면 금방 익숙해질 겁니다. 의외로 과격한 구석이 있으니까요."

"……."

불현듯 대화가 끊겼다. 의아하게 생각한 코타로가 똑바로 천장을 보고 있던 시선을 하루미 쪽으로 돌리자, 그녀는 약간 젖은 눈으로 코타로를 보고 있었다.

"사쿠라바 선배?"

"······그런 심술, 제게도 좀 더 많이 부려준다면 기쁠 거예요."

"아······."

하루미는 눈을 가늘게 뜨고 미소 지었다. 그러자 눈에 고여 있던 눈물이 넘치며 코타로의 뺨에 톡 떨어졌다. 그리고 코타로는 그 순간만 하루미의 모습에 알라이아의 모습을 겹쳐 보았다.

"역시, 여기에 무사히 돌아온 것에 대한 반동인가요?"

"아뇨. 그저 선배가 과격하기 때문입니다."

"그렇다면······ 좀 더 과격해질 수 있도록 노력해볼게요."

하루미는 미소 지은 채 살며시 다정하게 코타로의 뺨에 손을 대서 거기에 떨어진 자신의 눈물을 닦았다. 그리고 마지막에 하루미는, 닦아낸 그곳에 자신의 입술을—.

덜컹, 쿠당!

"꺄아앗?!"

"뭐야?!"

갑자기 무언가 커다란 것이 다다미에 부딪친 듯한 소리가 단칸방에 울려 퍼졌다. 마치 하루미가 과감한 행동을 어떻게든 성사시키려고 극단적으로 집중하는 순간을 노리기라도 한 듯한 타이밍이었다. 코타로 쪽도 하루미가 평소보다 적극적으로 감정을 표출하려 한다는 점을 느끼고 그 행동에 주목하고 있을 때 일어난 일이었다. 그래서 두 사람은 그 소리에 펄쩍 뛸 정도로 놀라며 고장 난 장난감처럼 어색한 움직임으로 소리가 들려온 방향으로 눈을 돌렸다.

"……저, 저기이…… 뭔가아, 어어~엄청, 죄송해요오……."

그쪽에는 자기 방으로 쓰고 있는 벽장 상단에 올라가려다가 실패한 유리카가 힘없이 누워 있었다. 집에 돌아왔더니 코타로와 하루미의 분위기가 좋아 보여서 방해하지 않도록 조심스럽게 벽장에 들어가려고 했지만, 소리를 내지 않아야 한다는 것에 너무 집중한 나머지 발을 헛디디고 말았다. 이 실패 탓에 코타로와 하루미 사이에서 감돌던 달콤한 분위기는 흩어져버렸다. 유리카의 배려와 노력은 헛수고로 끝났다.

날이 바뀌어서 2월 1일. 이날은 화요일이라 코타로 일행은 등교할 필요가 있었다. 코타로는 맞이하러 온 켄지와 함께 통학로를 따라 걸었다. 그런데 등교하는 학생의 숫자는 예전보다도 다소 적었다. 한창 대입 수험 시즌이라 등교하는 학생 중에 3학년생이 별로 없는 탓이었다.

"야 코우, 사쿠라바 선배도 대입 시험 보시던가?"

켄지는 통학로 진행 방향에 있는 교문 옆 버스정류장에서 몇 명 없는 3학년을 보고 고개를 갸웃했다. 이 시기의 하루카제 고등학교에서는 3학년은 모든 수업이 자습으로 진행되며, 출석도 부르지 않는다. 즉 입시가 있긴 하지만 사실상

장기 방학이나 다름없다. 입시 공부를 위해 교실이나 도서실을 이용하려는 사람 외에는 거의 등교하지 않는 게 보통이었다. 그래서 켄지는 자연히 「하루미가 등교했다 = 시험을 본다」라고 생각했다. 그러나 전에 코타로에게 수시라는 이야기를 들었던 것 같아서 의아했다.

"아니, 이미 수시로 합격하셨어."

"그럼 왜 등교하신 거야?"

"그냥 성실하신 거야. 킷쇼하루카제 고등학교를 좋아하시는 모양이고."

하루미가 등교한 것은 단순히 성실하기 때문이었다. 그리고 하루미에게 고등학교는 애착 있는 장소이므로, 그녀의 성실함은 둘째치더라도 한동안 포르트제에 가 있던 관계로 학교에 오고 싶었을 것이다.

"고등학생의 귀감이로군."

"당연하지. 선배를 흔한 고등학생이랑 똑같이 생각하지 마. 인물됨이 다르니까."

"왜 네가 자랑하는 거야?"

"선배가 직접 자랑하지 않으니까."

"……참 착한 후배구나."

"그야 뭐."

켄지는 오랜만에 코타로와 재회했지만, 그가 의문스러워하는 것은 하루미가 등교했다는 점뿐이었다. 이상하게도 켄지는 코타로가 몇 개월 동안 부재중이었다는 것에는 조금도 의문을 느끼지 않았다. 좀 더 정확하게 말하자면, 부재중이었다는 자체를 깨닫지 못한 모습이었다.

─다행이다. 딱히 문제는 없는 모양이로군. 역시 레인보우 하트는 대단하네…….

코타로는 그런 켄지를 보며 몰래 가슴을 쓸어내렸다. 실은 켄지가 코타로의 장기 부재를 눈치채지 못한 것은 레인보우 하트의 공작 덕분이다. 체구가 비슷한 사람을 마법으로 위장해서 코타로 대신 학교에 다니게 한 것이었다. 이는 코타로만이 아니라 침략자 소녀들을 대상으로도 실시되었다. 덕분에 코타로 일행의 부재를 알아차린 사람은 없었고 ─ 만약 있더라도 기억을 지우면 되지만 ─ 학교 출석 일수에도 문제는 없었다.

레인보우 하트가 협력해준 이유는 다크니스 레인보우가 포르트제에 갔다는 사실을 알기 때문이었다. 다크니스 레인보우의 문제는 레인보우 하트의 문제이므로 그쪽에서 먼저 협력을 제안했다. 이것은 그러한 협력의 일환이었다.

"그런데 말이다. 코우."

"응─?"

"신년 첫 참배일에 우리 코토리랑 만났잖아."

이 켄지의 말을 듣고 코타로의 표정에 긴장감이 서렸다.

─이런…… 어떻게든 얼버무려야 하는데…….

레인보우 하트의 공작은 훌륭하지만, 완벽하지는 않다. 일단 지난 몇 달 동안의 일은 가르쳐줘서 알고 있지만, 어디까지나 대략적일 뿐 세부적인 내용까지 완전히 파악하고 있는 것은 아니다. 그래서 지난 몇 달간 있었던 일이 화제로 나오면 곤란해진다. 이야기가 맞물리지 않거나 모순이 생길 가능성이 적잖이 존재했다.

"……킨이 왜?"

"그때 너 웬일로 코토리의 옷차림을 칭찬해줬잖아? 그게 어지간히 기뻤는지, 그 녀석 틈만 나면 그때 사진을 보면서 싱글벙글거리거든."

"그, 그랬던가?"

레인보우 하트에게는 단정적인 말투를 쓰지 말고 질문에는 의문으로 얼버무리는 게 좋다는 조언을 받았기 때문에, 코타로는 그렇게 되도록 말을 고르면서 신중하게 대답했다.

─내가 킨의 옷차림을 칭찬했다……? 어떤 옷이지? 신년 첫 참배일이니, 역시 기모노인가? 아니면 작년처럼 새로 맞춘 캐주얼? 그걸 뭐라고 칭찬했을까? 귀여워? 잘 어울려?

외줄타기 같은 상황이 이어졌다. 애초에 화제로 올라온 코토리의 복장부터가 뭔지 몰랐다. 그리고 그것을 코타로의 대역이 어떻게 칭찬했는지도 미지수였다. 여기서 잘못 대응하면 켄지에게 불신감을 안기게 된다. 모처럼 돌아온 평소의 생활을 무너뜨리는 상황만큼은 어떻게든 피하고 싶었다.

코타로는 전에 없이 필사적으로 머리를 굴렸다.

"코토리 녀석 아주 의욕이 넘치니까, 다음에도 부탁한다?"

여성 관계로 많은 전설을 가진 켄지도, 여동생 코토리와 관련된 일에는 다른 사람처럼 변한다. 켄지는 옛날부터 내향적인 성격의 여동생을 소중히 아껴왔다. 이 화제도 그 일환이었고, 그렇기에 적당히 넘길 수 없었다.

"그러려면 네 협력이 필요해. 우선, 그때 찍은 사진을 한 번 더 보여줘."

"오냐."

"……너, 여동생 사진을 소중히 품고 돌아다니는구나."

"신경 끄셔!"

"……역시 하레기[#1]인가……."

"응? 역시라니 뭔 소리야?"

"아— 그게…… 킨이 하레기를 입은 모습이 역시 좋다는 뜻이야. 이러니저러니 해도 어울리는 나이가 되었다는 거지."

"그렇지?! 하지만 서운한 점이 없잖아 있긴 해. 점점 내 손을 떠나가는 게……."

"……네가 무슨 딸 시집보내는 아버지냐."

최종적으로는 여동생을 소중히 여기는 켄지의 마음이 좋은 결과를 불러왔다. 필요한 정보를 전부 자연스럽게 켄지에게 제공받아서 코타로는 무사히 이 화제를 극복했다. 하

#1 하레기 화려한 나들이용 기모노.

지만 긴장을 풀기에는 아직 이르다. 앞으로 한동안은 이런 문제가 종종 부상할 것이기 때문이다. 그러한 상황들을 잘 헤쳐나간 후에야 평소의 생활이 되찾을 수 있다. 코타로는 당분간 더 노력해야할 필요가 있었다.

　이렇게 다소 문제가 있긴 해도 코타로 일행은 어찌어찌 킷쇼하루카제 고등학교 생활로 돌아갈 수 있었다. 아무리 특별한 재능이나 뛰어난 전투능력이 가지고 있어도 코타로 일행은 역시 한창때의 소년 소녀다. 전장에 있는 것보다 이렇게 고등학교 교실에 있는 쪽이 마음이 편했다. 그래서 코타로 일행은 106호실에서도 느끼긴 했지만, 싸움이 끝났음을 거듭 실감했다.

"공부 질렸어~~~."
"너무 빠르잖아, 사나에. 돌아온 지 얼마나 됐다고."
"난 이런 걸 위해 돌아온 게 아니거든요!"
"이런 걸 위해 돌아온 거야. 너 고등학생이잖냐."
"유령으로 돌아갈 거니까 됐어! 뒷일은 너한테 맡긴다!"
"앗, 인마?!"
『데헤헤헷~.』
"치사해, 사나에~! 꼭 이럴 때만⋯⋯!"

그리고 그렇게 느꼈기 때문에 사나에는 점심시간이 될 무렵에는 예전의 흐름을 되찾았다. 공부에 싫증 난 사나에는 『유령 사나에』만 유체이탈해서 오후 수업은 『사나에 양』에게 맡길 기세였다.

"사나에는 좋겠다아……. 저도오, 유체이탈을 하고 싶어요오……."

오전 수업을 받고 완전히 지쳐버린 유리카는 책상에 엎어져서 눈을 치뜨고 유체이탈한 『유령 사나에』를 올려다보았다. 가뜩이나 수업을 따라가는 게 고작이었던 유리카가 몇 개월이나 쉬어버린 상황이니만큼 수업 내용은 모르는 것으로 가득했다.

『넌 마법으로 어떻게든 하면 되잖아. 간단하지?』

"그럴 수는 없어요오. 이래 봬도 사랑과 용기의 마법소녀라구요오?"

『그 설정만은 고집스럽게 지키는구나.』

"설정이 아니거든요오! 포르사리아의 법률이 그렇다구요오!"

유리카는 마법을 쓸 수 있으므로 마음만 먹으면 시험 점수 정도는 어떻게든 해결할 수 있다. 그러나 유리카는 마법에 관해서는 정말로 특별한 국면이 아닌 이상 규칙을 어기지 않는다. 마법소녀라는 직업에만큼은 유리카도 예외적으로 긍지를 품고 있다는 증거이지만, 그덕에 고생하고 있는 건 분명했다.

"그렇게 생각한다면 1학년 때부터 공부해뒀으면 좋았을 텐데……."

마키는 허리에 손을 대고 작게 한숨지었다. 착실하고 꼼꼼하고 의젓한 마키는 킷쇼하루카제 고등학교에 오기 전에 표준적인 학력을 습득해두었다. 잠입 임무 같은 경우에는 성적이 너무 높거나 낮아도 눈에 띄므로 위험하다. 다크니스 레인보우에게 기초적인 교양은 기본 중의 기본이었다.

"……같은 마법사 사이에도 명암이 갈리는구나……. 전직 다크니스 레인보우가 밝은 쪽이라는 점이 아이러니하지만……."

시즈카는 그런 두 사람의 모습을 비교해보며 쓴웃음을 지었다. 시즈카가 그렇게 웃고 있을 수 있는 이유는 간신히 수업에 따라가고 있는 덕이다. 시즈카의 고등학교 생활은 가라테나 요리연구회 위주로 구성되어 있지만, 이상적으로 생각하는 것은 문무겸비라서 공부 쪽에도 그런대로 시간을 투자해왔다. 역시 평소에 쌓아온 경험의 차이가 힘을 발휘했다 할 수 있었다.

"유리카 같은 경우에는 재능이 마법에 치우친 게 불행의 원인이다. 너무 강력한 마법을 구사하니까, 레인보우 하트는 다른 모든 약점을 무시하고서라도 유리카를 고위 마법사로 채용할 수밖에 없었던 것이지. 천재라는 것도 생각해볼 일이군."

가장 여유로운 사람은 역시나 키리하일 것이다. 키리하는 어렸을 때부터 호기심이 왕성한 데다 빨리 어른이 돼서 지상으로 올라가고 싶다는 소망이 힘을 실어준 결과, 그녀는 빼어난 지성을 얻게 되었다. 당연히 고등학교에서 배우는 수업 내용쯤은 오래전에 습득해두었다.

"천재라……. 천재인 키리하가 말하니 설득력이 있네."

"나 같은 사람은 천재라고 부르지 않아. 정보의 집적을 통해서 누구나 오를 수 있는 수준에 불과하니까."

"……그게 기준이라면, 대부분의 천재가 범인이 돼버릴 것 같네."

그런 연유로 유리카를 제외한 전원이 공부에 관해서는 문제가 없었다. 그러는 유리카도 2학년이 되고 난 뒤로는 생활 태도가 좋아졌으니 내년 입시까지 만회할 수 있으리라. 그것을 알기 때문에 코타로 일행은 느긋하게 웃고 있을 수 있었다. 그러나 이 상황은 일변하게 되었다. 그 일은 이날 방과 후에 일어났다.

현재 레인보우 하트는 포르사리아의 정부나 군사조직으로 기능하고 있지만, 그 시초는 마법을 바르게 쓰는 것을 목적으로 한 조직이었다. 강력한 힘을 남용하면 위험하다는 생각을 바탕으로 자주적으로 마법을 규제하기 시작했다. 그런 까닭에 그들은 자연히 마법 외의 힘도 남용해서는 안 된다고 생각하는 경향을 보였다. 그 지나친 착실함— 말하자면 정의의 사도 같은 사고방식이 코타로 일행에게 새로운 시련을 부여하게 되었다.

"여러분, 처음 뵙겠습니다. 레인보우 하트 주황색 마술사단, 대외특수작전부 소속, 미야마 레이나입니다."

방과 후, 코타로와 여섯 소녀들은 생활 지도실에 불려 나갔다. 불러낸 사람은 미야마 레이나라는 이름의 젊은 여성 교사로 담당 과목은 일본어였으며, 출산휴가를 낸 교사 대신에 몇 달 전에 부임한 인물이었다. 그러나 이 레이나라는 인물은 평범한 국어 교사가 아니다. 사실 그녀는 킷쇼하루카제 고등학교에 잠입한 레인보우 하트의 마법사, 그것도 코타로 일행의 대역 작전을 지휘해온 부대장이었다.

"처음 뵙겠습니다."

그렇지 않아도 예의에 엄격한 체육계 학생 코타로에게는 연상인 데다 교사, 게다가 신세를 진 사람이라면 최상급으로 대우해야 할 대상이다. 등허리를 쭉 펴고 자세를 바로잡은 후, 레이나를 향해 깊이 머리를 숙였다. 이때 마찬가지로 머리를 숙인 사람은 하루미와 키리하 두 명. 조금 늦게 사나에와 마키, 시즈카 세 사람도 머리를 숙였다. 그리고 유리카는 모두가 머리를 숙인 뒤에야 겨우 알아차리고 허둥지둥 움직였다.

"너무 예의 차리지 않으셔도 괜찮습니다. 여러분께 은혜를 입은 건 저희 쪽이니까요."

의외로 예의를 차리는 코타로 일행 앞에서 레이나는 살짝 고개를 기울이며 미소 지었다. 그 미소에서는 다정함과 포용력이 느껴졌다. 그런 좋은 인상에 힘입어 고등학교 잠입 임무에 선발된 것이 이 레이나라는 인물이었다.

"아닙니다, 중요한 문제이니까요."

"후후후……. 아무튼 느긋하게 있다가 다른 교사나 학생들이 듣기라도 하면 골치 아프니, 바로 용건을 말씀드리겠습니다."

레이나가 코타로 일행을 불러낸 이유는 교사로서의 용건 때문이 아니었다. 레인보우 하트 소속으로서 용건이 있었다. 그녀는 표정을 가다듬고 불러낸 이유를 말하기 시작했다.

"오늘 여러분을 부른 이유는, 여러분께서 학력 도달도 시험을 치르셔야 한다는 소식을 알려드리기 위해서입니다."

"학력 도달도 시험이요?!"

레이나의 입에서 튀어나온 뜻밖의 말에 코타로 일행은 눈을 동그랗게 떴다. 기묘하게 들릴지도 모르지만, 그것은 그야말로 교사가 할 법한 말이었으니까."

"네. 저희는 부득이한 이유로 여러분의 대역을 준비했습니다만, 결과적으로 예기치 못하게 각종 시험이나 과제에 대해 부정행위를 저지르게 되었습니다. 그 부정을 당연하게

여기는 것은 마법 및 조직의 힘의 남용이지요. 그래서 부정으로 인한 악영향을 가능한 한 최소화하기 위해서, 여러분께 학력 도달도 시험을 치르게 하기로 하였습니다."

레인보우 하트가 코타로 일행에게 시험이 필요하다고 생각하는 이유는 전적으로 그들이 정의의 사도이기 때문이다. 부정행위는 최대한 피하되, 어쩔 수 없이 해야 한다면 그 영향은 최소한으로 줄이는 것이 그들의 행동 방침이다. 그래서 코타로 일행 대신 시험을 치르고 과제를 제출했다면, 본인들에게 그것이 가능할 정도의 학력이 갖추어져 있음을 확인할 필요가 있었다. 본인이 하더라도 합격점을 받을 수 있다는 것을 증명하지 못한다면 성적을 조작한 것과 다름없다. 그것은 사랑과 정의의 마법소녀가 해서는 안 될 일이었다.

"여러분의 학력고사 점수를 통해 최근에 낸 과제 및 쪽지시험을 통과하는 데 필요한 학력을 갖추고 계신지 확인하도록 하겠습니다."

"저기요오, 참고로 묻고 싶은데요오……. 학력이 부족한 것으로 확인된다며언, 어떻게 되나요오?"

시험, 즉 테스트라는 말을 듣고 가장 불안해진 사람은 유리카였다. 가뜩이나 수업을 따라가지 못하고 있는 와중에 느닷없이 시험을 보겠다는 이야기를 듣고 자신이 있을 턱이 없었다. 그래서 유리카는 상대가 자기보다 계급이 낮은 마법사라는 점마저 잊고 겁먹은 목소리로 질문했다.

"그 경우에는 확실하게 유급시키도록 하겠습니다. 우리 레인보우 하트는 부정한 성적 향상에는 관여하지 않으니까요."

"그, 그럴 수가아~~~!! 융통성이 너무 없잖아요오~~~!!"

유리카의 비통한 목소리가 교실에 울려 퍼졌다. 레인보우 하트는 정의의 사도. 그 사실을 유리카가 이렇게 원망스럽게 생각한 적은 오늘이 처음이었다. 물론 불안하게 생각하는 사람은 유리카 혼자가 아니다. 키리하와 하루미를 제외한 전원이 이 상황에 큰 불안을 품고 있었다. 그래서 코타로는 당황한 모습으로 질문했다.

"자, 잠깐만요 미야마 선생님. 그 시험이라는 게 언젭니까?! 설마 오늘 당장 보겠다는 건 아니죠?!"

유리카나 사나에 만큼은 아니어도, 코타로 역시 학력에 불안감이 있었다. 유리카의 모습을 보며 웃고 있을 여유는 없었다.

"제아무리 우리라도 오늘 당장 치르는 것은 여러분께 극단적으로 불리하다는 걸 알아요. 그러니 준비 기간으로 10일의 유예를 드리겠습니다. 시험일은 2월 11일입니다."

"다행이네요. 10일이나 있으면 분명 어떻게든 될 거예요."

10일의 유예가 있다는 말에 하루미는 미소 지으며 코타로 일행에게 말했다. 그러나 여기서 레이나는 생각지도 못한 말을 꺼냈다.

"사쿠라바 씨, 당신은 면제입니다."

"네? 왜 저만요?"

당연하게도 하루미의 눈이 동그래졌다.

"당신은 이미 수시로 대학 입학이 결정됐습니다. 말하자면 작년 가을 시점에서 고등학교와 대학은 당신이 대학에 입학하기에 합당한 학력을 습득했음을 인정했다는 이야기죠. 그러니 재차 확인할 필요는 없어요."

하루미는 예외적인 상황에 있었다. 그녀는 이미 수시로 대학 입학이 결정되었으며, 수업 또한 실질적으로 장기 방학에 돌입했다. 이런 상황에서 그녀가 시험을 치르는 데는 의미가 없다. 이미 고등학교와 대학 양쪽에서 그녀에게 충분한 학력이 있음을 인정했으니까.

"하지만 제 학력이 지금 어느 수준인지 확인해보고 싶어요. 대학에 입학한 후도 생각해야 하니까요. 그리고 이 고등학교의 수시 기준 문제도 있고……."

"사쿠라바 씨…… 훌륭한 마음가짐이로군요. 알겠습니다. 당신 자리도 준비해두겠습니다."

그러나 하루미는 한없이 성실했다. 그녀는 딱히 필요도 없는데 시험을 치를 생각이었다. 그녀는 자신의 학력이 떨어졌을 경우 앞으로의 생활에 영향을 주는 것은 물론이거니와, 고등학교의 수시 기준에 악영향을 미치는 것을 우려했다. 자기만이 아니라 타인도 걱정하는 것이 하루미라는 소녀였다.

"사쿠라바 선배는 역시 대단하네……. 난 자신 없는데……."

"분명 강자의 여유일 거야."

"그러는 넌 어때?"

"난 최선을 다해서 반반쯤 될 것 같은데……."

"저도오, 아마, 그 정도가 아닐까요오……."

성실한 하루미와는 달리 코타로와 사나에, 유리카는 위기 상황에 봉착했다.

사나에는 지금까지 『사나에 양』이 공부해준 덕분에 어떻게든 헤쳐나왔지만, 그 『사나에 양』도 계속 입원해 있던 탓에 성적이 특별히 좋은 것은 아니었다. 그런 와중에 포르트제에 가는 바람에 공부에 공백이 생겼으니 사나에에게는 대단히 위험한 상황이었다.

유리카도 상황은 별반 다르지 않았다. 유리카는 2학년이 된 뒤부터 제대로 공부하게 되었지만, 애석하게도 근본적인 부분에서 너무 심하게 부족했다. 게다가 포르트제에 가서 한동안 공부하지 않았기 때문에 예정은 큰 폭으로 뒤처진 상태였다. 그래서 유리카가 예상하기로는 필사적으로 노력하더라도 합격점을 받을 수 있을지 미묘했다.

코타로의 경우에는 사나에나 유리카 수준은 아니긴 해도 역시나 안심할 수 있는 상황은 아니었다. 코타로는 원래 성적이 중하 정도였는데, 몇 달간 공부에 공백이 뚫린 상태다. 그것이 의미하는 바는 명확했다.

"아이카, 우리도 방심할 수는 없겠네."

"포르트제에 평화가 찾아오고 포르사리아의 미래가 열리게 되었는데, 우리가 낙제해버린다면……"

시즈카와 마키는 이제까지 평균보다 약간 높은 성적을 유지해왔다. 하지만 그 성적이 조금 내려갔을 테니 앞으로 10일 동안 착실히 공부하지 않으면 위험할 터였다. 미소 지을 여유는 있어도 방심할 수는 없는 두 사람이었다.

"……재미있어지는군."

이 상황에서 진심으로 웃을 수 있는 사람은 키리하 혼자였다. 그녀의 경우 고등학교에서 배울 수 있는 범위의 학습은 진작 끝내두었다.

"키리하 씨는 사쿠라바 씨와는 다른 의미에서 시험을 면제하고 싶습니다만."

"그건 곤란하군."

"압니다. 그 대신이라고 하긴 그렇지만, 나중에 포르사리아의 미래에 관해 상담을 요청하고 싶습니다. 키리하 씨가 돌아왔다는 걸 알자마자 위쪽에서 각종 문의가 쏟아지고 있어서……"

"아무래도 공부할 짬은 없을 것 같군."

키리하는 가볍게 어깨를 으쓱했다. 그녀의 경우에는 필요한 교과서나 자료를 훑어보며 기억을 일깨우면 만점을 노릴 수 있으리라. 그러나 이번만큼은 제아무리 키리하라도 만점은 의심스러운 형국이었다.

　레인보우 하트가 주도하는 학력 도달도 시험 일자는 10일 후로 결정됐다. 시험 과목은 다섯 개인데, 일본어와 사회, 과학 시험에는 일반 문제에 추가로 선택과목의 난제가 섞인 형식이다. 만점은 500점이며 합격선은 그 반인 250점. 즉 과목별로 50점을 받는 것이 목표다. 본디 레인보우 하트 측은 60점 만점을 생각했지만, 선택과목 문제가 추가되면서 난도가 상승하여 그만큼 합격선이 내려갔다. 요컨대 250점이 목표일지라도 합격이 쉽다는 이야기는 아니다. 그래서 이야기를 들은 그날부터 코타로 일행은 맹렬하게 공부하기 시작했다. 시험이 어렵다면 10일밖에 없는 귀중한 시간을 조금이라도 낭비할 수 없다. 그러나 그런 만큼 빠르게 궁지에 몰린 사람이 있었다.

　"코타로, 코타로, 날 소중하게 생각한다면 시험 공부를 도와줘!"

　양손에 연필을 하나씩 쥐고, 이마에 돌격이라고 적힌 머리띠를 두른 사나에가 코타로에게 달려들었다. 그 기이한 박력에 코타로는 한순간 흠칫했지만, 이내 평정을 되찾고 돌과 격 사이를 손가락으로 튕겼다.

따악!

"아얏?!"

"그럴 여유 없어."

"그럼 같이 낙제해줘!"

"그게 무슨 의미가 있냐!"

"사랑해마지않는 사나에랑 운명을 함께한다는 지극히 중대한 의미가 있잖아!"

"하다못해 좀 더 제대로 된 운명으로 해!"

사나에는 자기가 시험에서 합격점을 받으려면 무엇을 해야 좋을지부터 갈팡질팡하는 상태였다. 어디부터 시작해야 좋을지 알 수 없어서 일단 코타로에게 물어보았지만, 돌아온 대답은 신통치 않았다. 사나에는 낙제를 의식하기 시작했다.

"……저기 마키이, 유급하더라도오, 사토미 씨느은, 저를 이 방에 있게 해주실까요오?"

유리카는 이미 낙제한 뒷일을 걱정하고 있었다. 그녀는 애초에 시험에 합격할 생각 자체를 하지 않았다. 가뜩이나 지금 수업도 따라가지 못하는데, 갑자기 치르게 된 시험에 합격하기는 불가능하다며 숟가락을 던진 것이다.

"그건 걱정할 것 없다고 생각해."

"그런가요오?! 그렇겠죠오, 이러니저러니 해도 사토미 씨는 상냥하고오, 저를 엄청 좋아하니까아~. 에헤헤헤헤헤~."

유리카의 표정이 빛났다. 유급하더라도 빌붙을 수 있다. 이때의 유리카에게는 큰 구원이었다. 그러나 그 미소도 오래가지 않았다.

"문제라면 그 상태가 여자아이로서 과연 괜찮을까, 하는 정도려나."

"하웃?!"

쩌적.

유리카의 표정이 얼어붙었다. 마키의 이 지적은 유리카의 예상 밖이었다. 확실히 코타로는 상냥하고, 유리카를 소중히 생각하므로 그녀가 유급하더라도 쫓아내진 않을 것이다. 그 점은 틀림없다. 그러나 코타로가 유리카를 보는 시선은 바뀔지도 모른다. 실망한 코타로가 그녀를 성가신 군식구 취급하게 될 가능성은 확실히 큰 것처럼 보였다.

—사토미 씨랑 사쿠라바 선배랑 같이 킷쇼 대학에 가고 싶다고 했으면서……

유리카는 1년 정도 전 일을 떠올렸다. 1학년이 끝나갈 즈음, 코타로는 유리카에게 진로를 어떻게 할 거냐고 물었다. 그 질문에 유리카는 코타로와 하루미가 목표로 삼은 킷쇼 대학에 진학하기를 희망했다. 그 뒤로 유리카는 생활 태도를 바로잡고, 코타로의 도움을 받아 뒤처진 공부를 따라잡고자 노력하기 시작했다. 결코 순조롭지는 않았지만, 그래도 지난 1년 가까이 필사적으로 노력해왔다. 그런데 이번 시험에 낙제해서 유급해버린다면 그 노력은 전부 물거품으로 변하게 된다. 줄곧 힘을 보태주던 코타로의 신뢰도 잃게 될 가능성이 크다. 제아무리 둔감한 유리카일지라도 좋지 않은 결과임을 알 수 있었다.

"……으으윽."

이윽고 유리카는 울먹이며 교과서와 노트를 펼쳤다. 승산은 극도로 낮다. 그럴지라도 이기지 못하면 절대로 잃어서는 안 되는 것을 잃게 된다. 유리카는 그 현실을 견뎌낼 수 있을 것 같지 않았기 때문에 공부할 수밖에 없었다.

"그래, 유리카. 싸워서 승리를 쟁취할 수밖에 없어. 편한 길은 없다구."

마키는 유리카에게 격려의 말을 건넸다. 그러나 사실 이때 마키는 다른 생각을 하고 있었다.

—사토미 군이라면, 이렇게 노력하는 유리카를 보면 낙제해도 잘했다면서 칭찬해줄 테지만…… 그 얘기는 하지 않는 게 낫겠지…….

마키는 거짓말을 싫어하지만, 실제로 코타로에게 확인해본 것은 아니므로 이 말을 하지 않더라도 거짓말이라곤 할 수 없다. 그리고 싸워서 승리를 쟁취한다는 말에도 거짓은 없다. 코타로가 칭찬하는 것은 아마도 싸우는 자세 그 자체이지 합격이 아니다. 실제로 검이 부러졌느냐 마느냐는 문제가 아니니까. 오히려 그것을 알고 유리카가 안심한다면, 가령 합격하더라도 비난의 대상이 될지도 모른다. 그러니 유리카는 끝까지 싸울 필요가 있다. 마키는 그 점을 잘 알았기 때문에, 불필요한 사실 — 의 예상 — 은 가슴 깊이 묻어두었다.

키리하와 하루미는 궁지에 몰린 사나에, 유리카와 정반대의 모습을 보였다. 두 사람은 교과서나 노트를 보는 대신 다과를 준비하며 공부하는 일동의 백업을 맡았다. 각자 이유가 다르긴 해도 하루미와 키리하는 서둘러서 공부할 필요가 없었다.

"쿠라노 양, 그 두꺼운 종이 다발들은 뭔가요?"

키리하는 공부할 필요가 없을 텐데, 어째서인지 많은 자료를 쌓아두고 있었다. 그리고 키리하는 코타로 일행에게 공부를 가르치는 한편으로 손이 비는 사이에 그 자료 쪽을 훑어보곤 했다. 그 모습이 하루미의 눈에 의아하게 비쳤다.

"포르사리아에서 보낸 상담 내용이다. 다크니스 레인보우라는 조직의 해체 사실만 해도 중대사인데, 포르트제에서 치른 전투가 끝나게 되면서 더욱 큰 중대사로 발전한 모양이더군."

포르사리아의 다크니스 레인보우는 무장해제되어 소위

전투조직으로써의 존재는 해체되었다. 현재는 남은 구성원들을 어떻게 할 것이냐는 문제로 포르사리아의 장로회가 논의 중이었는데, 그때 나나가 포르트제가 보내는 메시지를 들고 돌아왔다. 포르트제는 포르사리아의 이민 희망자들을 받아들이겠다는 뜻을 알렸고, 이로써 장로회의 논의는 완전히 파탄하여 키리하에게 매달리게 됐다. 결과가 뻔한 시험 같은 건 아무래도 좋으니 어서 지혜를 빌려달라는 것이 그들의 본심이었다.

"그리고 우리 대지의 백성도 포르사리아, 포르트제와 인연이 있는 만큼 남 일은 아니니까 말이지. 단순히 상담만 해줄 게 아니라 우리 쪽에서도 협조해서 대응할 필요가 있어."

포르사리아의 전신은 글레바나스의 마술사단이며, 대지의 백성의 전신은 막스판 본인 직할 연금술사단이다. 즉 원래는 양쪽 다 막스판 가문을 근간으로 삼는 집단이다. 그래서 포르트제가 이민자들을 받아들이겠다는 이야기에는 당연히 대지의 백성도 포함돼 있다. 그러므로 대지의 백성의 지도층인 동시에 포르사리아와의 가교 역할을 맡고 있는 키리하도 크게 관여해야 하는 이야기였다.

"그렇다면, 지상 침략을 중지하고 포르트제로 가게 될지도 모르겠네요?"

"음, 그 선택지가 주어졌지. 덕분에 우리 지도층도 크게 혼란스러워하고 있어."

"어머나…… 평화로우면 평화로운 대로 큰일이네요……."

키리하가 지휘하는 지상 침략은 순조롭게 진행 중이었다. 대지의 백성은 지금까지 지상인에게 머리를 숙이지 않고, 그러면서 부당하게 빼앗지 않고 융화적인 침략을 진행해왔다. 그것이 조금씩 성과를 거두고 있는 와중에 갑자기 포르트제라는 두 번째 선택지가 주어졌다. 포르트제는 전설로 전해지는 조상의 땅. 일본의 법률을 다소 어기며 지상을 침략하기보다도, 당당하게 포르트제로 돌아가야 하지 않겠냐는 의견은 당연히 튀어나왔다. 그러나 상황을 고려했을 때 급히 방향을 선회하는 것은 쉽지 않았다. 특히 지상 침략의 선두에 서 있던 이들이 그랬다. 필사적으로 해온 일인 만큼 지금까지의 노력이 물거품으로 돌아가는 결과를 받아들일 수 없었다. 또한, 수천 년의 격차가 있다는 점을 문제시하는 사람도 적지 않았다. 그만한 차이가 있다면 이미 전혀 다른 나라라고 생각하는 것도 틀리지는 않을 것이다. 그런 다양한 사정을 고려한 끝에 대지의 백성들 간의 의견은 두 개로 나뉘었다. 그렇게 포르사리아와 마찬가지로 대지의 백성들 사이에서도 큰 논쟁이 일어나게 되었다.

"그런 것보다 키리하 씨, 내 물리학 대혼란이나 어떻게 좀 해줘."

"흠…… 각속도와 원심력이라. 미분과 적분이 섞여서 혼란에 빠지기 쉬운 부분이지만, 원리만 이해하면 크게 어렵지 않아. 무리하지 말고 차근차근 진행하자."

　그러나 코타로가 직면한 문제는 학력 도달도 시험. 그렇다면 키리하의 최우선 사항도 코타로의 시험이다. 키리하는 선뜻 자신의 자료를 내려놓고 옆에서 코타로의 교과서를 들여다보았다. 두 사람의 거리는 놀랄 정도로 가까워서 코타로가 시선을 아래로 내리면 키리하의 옷 안쪽이 보여버릴 상황이었지만, 진지한 두 사람은 전혀 눈치채지 못하고 — 키리하는 어떨지 모르지만 — 공부에 집중했다. 그런 두 사람을 시즈카는 눈을 동그랗게 뜨고 바라보았다. 그러나 시즈카가 눈을 동그랗게 뜬 이유는 지나치게 가까운 거리 탓이 아니었다.

　"사토미 군도 참, 포르트제와 포르사리아와 대지의 백성의 미래 이야기를 『그런 것』이라고 치부하다니."

　은하 규모의 초강대국 포르트제. 마법을 사용하는 기적의 백성들의 나라 포르사리아. 영력을 기반으로 하는 독자기술로 수천 년을 살아온 대지의 백성. 그 세 세력의 미래를 좌우할 중요한 의제를 코타로는 『그런 것』으로 치부했다. 시즈카는 놀라움을 감출 수 없었다.

　"뭐어, 사토미 군에게는 그렇게 말할 권리가 있다고 생각해요."

　하루미도 시즈카처럼 놀라긴 했지만, 알라이아의 기억을 계승한 만큼 충격은 적었다. 세 나라를 지켜낸 이는 다름 아닌 코타로다. 그런 코타로에게는 틀림없이 세 나라의 문제를 『그런 것』으로 치부할 권리가 있으리라. 시즈카와 코타로, 두 사람의 마음을 모두 이해하기 때문에 하루미는 그저 쓴웃음을 지을 뿐이었다.

"그건…… 듣고 보니 확실히 그렇긴 한데…… 애초에 전설의 영웅이 학력고사에 우왕좌왕하는 쪽이 이상한 게 아닌가 싶기도 하고……."

전설의 영웅은 지위나 명성, 재산보다도 지구에서의 평범한 생활을 선택하고 말았다. 시즈카가 놀란 원인은 거기에 있다고 할 수 있으리라. 하지만 그것은 동시에 전설의 영웅이 시즈카나 하루미 등의 평범한 소녀들과의 생활을 선택했다는 뜻이기도 하기에, 놀랍기는 해도 불만스럽지는 않다는 게 솔직한 심정이었다.

"그래! 전부 다 코타로의 잘못이니라!"

그때였다. 불현듯 이 자리에 없을 터인 인물의 목소리가 106호실에 울려 퍼졌다. 그리고 그 직후에 작은 그림자가 코타로에게 달려들었다.

"그 완벽하기 짝이 없는 영웅다운 모습은 대체 무엇이란 말이냐!! 그대가 훌륭히 소임을 다하고 훌쩍 돌아가버렸다는 사실을 알았을 때, 우리가 느낀 낙담을 어떻게 보상해줄 것이냐아아아아아아아아앗!!"

단칸방 전체를 뒤흔들 듯한 기세로 다다미를 박차고 천장에

닿을 정도로 높게 점프한 후, 아름다운 포물선을 그리며 이어지는 날아차기는 무시무시한 기세로 코타로에게 육박했다.

"오, 어서 와 티아. 빨리 왔네."

바로 옆에서 기습에 가깝게 날아차기가 쇄도했음에도 불구하고 코타로는 그 일격을 어렵잖게 흘려넘겼다. 발차기 쪽을 제대로 보지도 않고 대충 뻗은 오른팔로 발차기의 궤도를 바꾼 것이다. 그러나 이는 코타로의 힘만으로 한 일은 아니었다. 먼저 알아차린 사람은 사실 사나에인데, 착 달라붙어 있던 탓에 코타로에게도 그것이 전달되었다. 습격자— 티아는 공격 의사가 항상 명확한 까닭에 영능력으로 공격을 파악하기 쉬웠다.

"잘도 그런 대답이 나오는구나! 그 짤막하기 짝이 없는 편지는 대체 무엇이더냐!"

그러나 티아의 공격은 거기서 끝나지 않았다. 발차기가 흘려넘겨진 즉시 타격을 포기하고, 코타로의 몸에 팔다리를 둘러 관절기로 넘어갔다. 티아는 코타로의 등 뒤에 달라붙은 채 몸통에 양다리를 두르고 몸을 고정한 다음 가녀린 양팔을 목에 감아 조르기 시작했다. 티아는 최근 들어 선 채로 타격전을 벌일 때보다 밀착상태에서 관절기로 싸울 때 영능력에 쉽게 간파당하지 않는다는 사실을 알게 됐다. 이는 코타로의 움직임에 맞춘 기술의 다양성이 증가하는 것과 신속하고 연속적으로 전환되는 기술을 따라잡을 수 없는

것이 원인이었다.

"끄윽, 그, 그럼 무슨 말을 더 쓰겠어. 영원히 이별하는 것도 아닌데!"

코타로는 힘으로 티아의 팔을 떼어내려 했다. 그러나 티아의 가느다란 팔은 코타로의 목에 딱 밀착된 채 고정된 탓에 손가락이 틈으로 들어가지 않아 힘을 세게 줄 수 없었다. 코타로가 영능력으로 근력을 끌어올리면 가능하기야 하겠지만, 굳이 그런 방법까지 동원하지 않는 것이 코타로와 티아 사이의 암묵적인 룰이었다. 두 사람이 하고 싶은 것은 어디까지나 평범한 격투전일 뿐이다.

"티아는 서브미션에도 능숙하구나⋯⋯. 나중에 포르트제 스타일을 가르쳐달라고 할까⋯⋯."

"그거야. 해치워 티아!"

그러나 그 싸움을 지켜보는 소녀들은 느긋하게 두 사람을 응원했다. 이 싸움은 코타로와 티아 나름의 장난일 뿐. 서로 간지럽히거나, 혹은 좀 더 나아가서 키스하거나 하는 정도의 의미밖에 없음을 다들 알고 있었다.

"그런 변명이 국민에게 통할 거라 생각하느냐?! 포르트제는 지금 난리가 났단 말이다!!"

"그, 그런 것보다, 시험이 중요하다고!"

쿠웅—.

팔을 떼어내기를 포기한 코타로는 티아를 등에 짊어진 채 뒤로 쓰러졌다. 티아는 단단히 달라붙어 있었기 때문에 그대로 코타로와 다다미 사이에 끼고 말았다.

"크헉…… 시, 시험이라고? 무슨, 시험?"

강렬한 충격에 숨이 막히며 티아의 의식이 한순간 아찔해졌다. 그러나 코타로가 꺼낸 예상 밖의 말이 적절하게 티아의 의식을 붙잡아주었다. 티아는 코타로와 다다미 사이에 끼인 채로도 팔에서 힘을 빼지 않았다.

"우리가, 낙제, 하지, 않기 위한, 시험."

"처음 듣는 얘기다. 그게 무엇이냐?!"

"레인보우 하트가 대역을 쓴 건 어쩔 수 없는 일이었으니, 그에 걸맞은 학력을 확실하게 습득하고 있는지 확인하겠대요오."

"뭐라고?!"

유리카의 짧은 설명으로 상황을 파악한 티아는 놀란 나머지 저도 모르게 팔에서 힘을 빼고 말았다. 지금까지 티아는 체격으로 우세한 코타로를 신속함과 기술로 제압하고 있었는데, 역시 레인보우 하트가 학력고사를 치르겠다는 이야기에는 놀라지 않을 수가 없었다.

"빈틈 발견!"

"으오옷?!"

이대로 잠자코 녹다운당할 수는 없다— 코타로는 티아의 빈틈을 놓치지 않고 재차 완력으로 팔을 떼어내려 했다. 이번에는 확실하게 티아의 팔을 붙잡는 데 성공해서 티아의 구속이 서서히 풀리기 시작했다.

"에에잇, 바보같이 힘만 세서는⋯⋯! 둘 다 어서 해치워버려라!!"

"실례하겠습니다! 분명, 이걸 이렇게⋯⋯."

"⋯⋯이런 식으로 하면 되나요?"

그러나 코타로는 결국 티아의 구속에서 벗어나는 데 실패했다. 코타로가 티아를 상대로 온 힘을 쏟아붓고 있는 정확히 그 타이밍에 새로운 습격자가 나타난 탓이다. 그 습격자는 티아의 소꿉친구 루스, 그리고 티아의 친구이자 라이벌인 클란이었다.

"흐억—! 흐끄으어으억!!"

루스는 교본에 실려 있는 대로 신중하고 기능적인 움직임으로 코타로가 자주 쓰는 오른팔을 껴안는 듯한 자세로 관절을 고정했다. 격투전 지식이 부족한 클란은 처음에는 어떻게 해야 좋을지 헤맸지만, 도중에 격투기에 연연할 필요는 없다는 걸 깨닫고 양손으로 코타로의 코와 입을 틀어막았다.

"⋯⋯끄엑⋯⋯."

목을 졸리고, 팔의 자유를 빼앗기고, 입과 코를 틀어박혀서는 버텨낼 재간이 없다. 코타로는 곧 의식을 잃었다.

"⋯⋯기절했군요."

"둘다 잘했다! 이것은 우리의 승리이니라!"

"전하, 이건 좀 지나친 게 아닐지요……."

코타로의 행동에 여러 가지 불만을 품은 티아네 세 명은 이 결과에 어느 정도 만족했지만, 여전히 부족했다. 신성 포르트제 은하 황국은 그 어떤 더러운 수단을 동원해서라도 코타로의 입에서 다시 포르트제로 돌아가겠다는 말이 나오게끔 할 태세였다. 티아 일행의 공세는 이제 막 시작됐을 뿐이었다.

포르트제는 청기사 레이오스 파트라 벨트리온 경과 재귀환 교섭을 하기 위해서 티아와 클란, 호위 담당 루스를 지구로 파견했다. 포르트제 측은 어떤 더러운 수단이라도 동원할 작정이었지만, 동시에 벨트리온 경의 미움을 사게 될 행동만큼은 피해야만 했다. 포르트제는 청기사의 모습을 한 인형을 원하는 것이 아니다. 어디까지나 온전한 청기사로서 돌아오기를 바라고 있으므로 벨트리온 경— 즉 코타로가 포르트제에 정나미가 떨어지게 될 만한 수법은 피해야 했다. 결과적으로 단기적인 해결은 바랄 수 없었기 때문에, 킷쇼하루카제 고등학교 학생이라는 신분은 앞으로 지구에서 활동할 때 필수 불가결한 요소였다.

"그렇군…… . 확실히 정의의 사도로서는 긴급사태에 대처하기 위해 대역을 투입했을지라도, 그로써 성적을 부당하게 수정하게 되는 결과는 피하고 싶겠지."

"전하, 그렇다면 우리도 시험을 치르는 게 좋지 않을는지요?"

"음. 앞으로 해야 할 일도 있으니."

자초지종을 들은 티아 일행은 자신들도 학력고사를 치르기로 했다. 티아와 루스는 일본인과는 명백하게 용모가 다른 까닭에 있는 것만으로도 대단히 눈에 띄고 만다. 그래서 유학생이라는 편리한 신분을 유지하고 싶었다.

"일부러 한 게 아니니까아, 이번만 너그럽게 봐줘도 좋을 텐데에."

"유리카, 그건 레인보우 하트의 아크메이지로서 문제 발언 아니야?"

"마키도 너무 성실하다구요오!"

"얽매인 게 있으면 여러모로 큰일이로군요…… ."

날벼락 같은 시험 소식에 우왕좌왕하는 침략자 소녀들 중에서 클란은 홀로 여유로웠다. 그녀는 애초에 킷쇼하루카제 고등학교에 다니지 않는다. 그녀의 경우에는 굳이 그렇게 할 필요가 없었기 때문이다. 티아가 고등학교에 다니게 된 이유는 황족의 시련으로 코타로를 가신으로 삼기 위해서다. 클란은 코타로를 가신으로 삼을 필요가 없었으므로, 단지 연구와 인맥 유지를 위해 지구에 체류 중일 뿐이었다.

"클란, 봄부터는 너도 학교에 다녀."

그러나 그런 클란의 여유를 용서하지 못하는 자가 있었다. 그 필두는 다름 아닌 코타로. 조금 전 습격에 대한 원한이 남아 있어서 이때 코타로의 눈초리와 목소리는 엄격했다.

"어, 어째서 그럴 필요가 있죠?!"

생각지도 못한 갑작스러운 제안에 클란의 눈이 휘둥그레졌다. 클란은 코타로의 제안을 받아들일 필요성을 전혀 느낄 수 없었다. 클란은 백업 담당이라 티아나 루스와는 다르게 고등학교에 다닐 이유가 거의 없다. 그리고 그녀의 학력은 충분하므로 지구의 교육을 받더라도 쓸모없거나 오히려 마이너스가 될 공산이 높았다.

"우리만 고생하는 게 배 아파. 너도 우리랑 운명을 같이하라고."

"옳소~ 옳소~! 안경순이만 치사해~!"

"무슨 이유가 그런가요!"

그런 클란의 사정을 알면서도 코타로와 사나에는 클란의 고등학교 편입을 강하게 주장했다. 운명을 함께하라는 말은 듣기에는 좋지만, 실상은 도피에 가깝다. 두 사람은 클란의 여유로운 표정을 무너뜨려서 아무튼 지금의 위기를 잊고 싶었다.

─그리고 역시 이런 시시한 일로 떠들어대는 쪽이 좋으니까……. 싸움과 모두의 문제가 정리돼서 정말 다행이야…….

그리고 이때 코타로는 거듭 느끼고 있었다. 역시 코타로와 소녀들은 싸움과 어울리지 않는다고.

"러브 이즈 올인 법이라구."

"뭔지는 잘 모르겠지만, 사나에 말이 맞아."

"……벨트리온, 당신 곱게 죽진 못할 것이어요."

그러나 코타로가 속으로 무슨 생각을 하고 있든지 간에, 느닷없이 비난의 대상이 된 클란에게는 그저 재난일 뿐이었다.

겨울방학과 봄방학으로 인해 킷쇼하루카제 고등학교의 3학기는 2개월 남짓밖에 되지 않는다. 이는 1학기나 2학기의 60퍼센트 정도의 길이다. 그래서 3학기에는 중간고사 없이 기말고사만 치르고, 시험일은 3월 중순이 되는 게 통례였다.

"……기말고사는 아직 멀었잖아? 그런데 웬 공부야?"

그래서 켄지는 코타로가 점심시간에도 시간이 아깝다는 양 공부하는 이유를 상상할 수 없었다. 기말고사에 대비해서 공부를 시작하기에는 지나치게 빠른 것 같았다.

"아…… 그게…… 뭐, 내년이면 입시잖냐. 자각이 싹텄다고나 할까, 대충 그래. 그러니 늦기 전에 성적을 좀 더 올려두고 싶어."

제아무리 코타로라도 마법소녀 군단이 실시하는 학력고

사를 치르게 됐다고 정직하게 말할 수는 없었다. 제정신을 의심받는 게 고작일 테고, 설사 믿어주더라도 그건 그것대로 문제였다. 여기선 얼버무릴 수밖에 없었다.

"그러고 보니 너 지망학교가 킷쇼대였던가?"

"어."

"지금 네 학력으론 아슬아슬할지도 모르겠네. 잘 생각했어."

코타로의 지망학교가 하루미와 같은 킷쇼대— 인근 지역 내에서는 비교적 우수한 대학이라는 점이 다행이었다. 코타로의 현재 학력은 합격선을 약간 밑돌고 있다. 지금부터 공부해서 합격선을 돌파하고, 가능하다면 안전권까지 올라가고 싶다는 것은 켄지로서도 상상하기 쉬운 이유였다.

"그럼, 쟤들도 그런 거야?"

"그렇지. 유리카도 킷쇼대가 목표니까."

"그러고 보니 니지노, 2학년이 된 뒤로 성적이 꽤 올랐지. 이대로 계속 노력하면 가능할지도 몰라."

"……맥켄지, 넌 여전히 안쓰러운 여자애에 관해서는 빠삭하구나."

"신경 끄셔!"

켄지는 코타로만이 아니라 침략자 소녀들까지 갑자기 공부하기 시작한 것을 기묘하게 생각했지만, 2학년에서 3학년으로 진급을 앞둔 시기라는 점이 그를 납득하게 해주었다. 사실대로 말할 수는 없었기 때문에 코타로는 속으로 몰래 안도했다.

"이 기회에 너도 공부 좀 해."

"난 하루카제 학원대니까 괜찮다고."

"흐음, 대회에는 안 나가면서 부활동이 활발하기로 이름난 대학이잖아. 보아하니 신입생 환영회로 유명한 소프트 테니스부 정도가 목적이겠지?"

"그러니까 신경 끄래도!"

코타로는 잠시 공부를 잊고 켄지와의 이야기에 열중했다. 무슨 일이든 너무 붙잡고 있는 것은 좋지 않다. 때로는 이렇게 숨돌릴 시간도 필요했다.

"아, 아 참, 코우."

"역시 여자 매니저가 귀엽다는 소문이 도는 연식 야구부쪽이냐? 킨이 『오라버니, 불순해요』라면서 화낼걸~."

"이제 그 얘기는 그만하라니까! 그보다도 문제는 저쪽이라고."

켄지는 황급히 말을 돌리며 아무도 앉아 있지 않은 자리를 가리켰다.

"티아가 왜?"

켄지가 가리킨 곳은 티아의 자리였다. 코타로는 티아에게 별다른 문제가 있다고 생각하지 않았기 때문에 살짝 고개를 갸웃했다.

"요 며칠간 자리를 비울 때가 많잖냐. 루스랑 같이."

"그랬나?"

티아의 자리는 지금만이 아니라 오늘 아침부터 쭉 비어 있었다. 이는 소꿉친구 루스도 마찬가지였다. 두 사람이 포르트제에서 돌아온 뒤로 이미 며칠이 지났다. 그 둘은 돌아온 날을 기점으로 간혹 수업을 빼먹고 자리를 비웠다. 그러나 학기마다 진행되는 자리 바꾸기 때문에 코타로는 그 사실을 눈치채지 못했다. 지금은 두 사람보다 앞자리로 바뀐 탓이다. 반대로 켄지는 두 사람보다 뒷자리라 알아차릴 수 있었다.

"그래. 티아한테 무슨 일 있었어?"

"아니…… 짚이는 건 없어. 오히려 상황은 호전됐을 텐데……."

"뭔 소리야?"

"간략하게 말하자면, 지난달까지 친가에서 복잡한 트러블이 있었어."

티아가 수업을 빠져나갈 이유는 지금보다 오히려 지난달— 1월까지가 더욱 많았을 것이다. 그녀의 친가, 포르트제 은하황국에서 쿠데타가 일어났으니까.

"있을 법한 이야기로군. 부잣집 딸인 것 같으니."

"그게 정리됐어. 지금은 오히려 예전보다 속 편한 상황일 거야."

"흐음—. 그렇다면 그거 아냐? 지금까지 있었던 일의 뒤처리."

"뒤처리라…… 글쎄……."

코타로는 팔짱을 끼고 생각했다. 포르트제는 어마어마하다는 수식어를 아무리 붙여도 부족할 정도로 먼 곳에 있다. 뒤처리가 어느 정도 끝난 뒤가 아니라면 그녀들이 다시 지구에 오기란 쉽지 않으리라. 지구 어딘가에 있는 나라라면 있을 법한 이야기여도, 이성인인 티아 일행에게는 적용되지 않을 것 같았다.

"아니면…… 그간 겪은 일에 대한 반동이 왔을지도 모르지."

"그쪽이 그럴듯하게 들리는데…… 으~음……?"

평소의 티아를 생각한다면 그간 겪은 일의 반동으로 놀러 나갔을 가능성도 충분히 있다. 그러나 최근 들어 자각이 싹튼 티아가 과연 그런 행동을 할 것인가. 혹은 루스가 그것을 허락할 것인가— 그런 점까지 고려해본 코타로는 역시 그렇지는 않을 것 같다고 생각했다.

—그 녀석, 뭘 하고 다니는 거지…….

코타로의 시선이 자연스럽게 티아와 루스의 자리로 향했다. 그러나 비어 있는 자리는 코타로의 의문에 아무 대답도 해주지 않았다.

포르사리아가 주도하는 학력고사를 치르게 되어도 코타로는 아르바이트를 해야 한다. 일찌감치 얘기를 들었다면 동료에게 교대해달라고 부탁할 수도 있었지만, 아무래도 이 타이밍에서는 어려웠다. 하는 수 없이 이날은 평상시 로테이션으로 출근했다.

"코우 군은 항상 꼼꼼하게 작업하는구나…… 젊은이들 중에는 대충 넘겨버리는 사람도 많은데."

"저는 평범하다고 생각하는데 말이죠."

"그렇다면 분명 이 일에 소질이 있는 걸 거야. 후후후……."

코타로는 동료 노부인과 함께 작업을 진행했다. 코타로의 아르바이트는 유적 발굴이다. 기원전 수천 년 전의 지층에서 기원후 기술 수준의 물품이 출토되어 고고학계를 경악하게 한 사연이 있는 유적이었다.

—아마도, 이 유적은 지구로 추방당한 막스판 일행이 남긴 거겠지…….

코타로와 클란은 2천 년 전 포르트제에서 초시공 반발탄으로 막스판 일당을 시공의 저편으로 날려 보냈다. 그중 마술사단은 수백 년 전 포르사리아에 흘러 들어갔고, 연금술사단은 수천 년 전 지구로 날려 보내졌다. 연금술사단은 독자적인 문명을 발달시켜 이윽고 대지의 백성이 되었다고 한다. 그러니 막스판 일당이 이곳에서 살았다고 가정한다면, 이 유적에서 뛰어난 기술력의 흔적이 출토되는 것을 설명할 수 있었다.

—뭐, 꼼꼼해질 수밖에……. 내가 저지른 일의 결과를 조

사하고 있는 거니까…….

코타로는 그것이야말로 자신의 작업이 꼼꼼해지는 이유라고 생각했다. 코타로가 2천 년 전 포르트제에서 추방한 사람들이 어떻게 살았고, 어떻게 죽어갔는지 조사하는 것인 만큼 생각 없이 대충 작업할 수는 없었다. 흙이나 모래를 털어내는 솔의 움직임은 자연히 섬세해졌고, 유물을 꺼낼 때도 신중해졌다.

—그런데…… 으음…… 뭔가가 좀…… 대체 뭐지……?

불현듯 코타로의 손이 멈췄다. 코타로는 요즘 들어 마음에 걸리는 점이 하나 있었다. 반달리온을 쓰러뜨리고 지구로 돌아온 뒤부터 느끼게 된 것인데, 이 유적에서 예전에 무슨 일이 있었던 것 같은 기분이 들었다. 그리고 그 감각은 나날이 강해지고 있었다. 그러나 코타로가 아무리 머리를 굴려봐도 마땅히 기억나는 것은 없었다. 기분 탓으로 치부할 수도 있지만, 그러면 안 될 것 같다는 기분도 들었다. 신기한 감각이었다.

"……응?"

그러던 때였다. 멍하니 주위를 바라보던 코타로의 시야 구석에서 검은 무언가가 움직였다. 코타로는 퍼뜩 놀라며 그쪽으로 시선을 고정했다. 생각하던 것과 연결되는 무언가일지도 모른다고 생각한 것이다.

"저건…… 누구지?"

코타로의 눈에 들어온 것은 검은 정장을 입고 선글라스를 쓴 한 남성이었다. 그 남성은 유적을 에워싼 숲의 그늘진 곳에서 코타로를 살피고 있었다. 그 남성을 본 순간 코타로는 『다르다』라고 느꼈다. 검은 정장 남성의 등장은 코타로의 마음에 걸리는 것과 전혀 관계없는 것처럼 느껴졌다.

　『?!』

　코타로가 자신 쪽으로 돌아섰기 때문이리라. 검은 정장 남성은 황급히 주위를 확인하더니 가까운 나무 뒤에 숨어버렸다. 그것은 그것대로 수상한 행동이라서 코타로는 발굴작업 도구를 바닥에 두고 남성 뒤를 쫓기로 했다.

　"코우 군, 무슨 일이니?"

　그런 코타로를 동료 노부인이 불러세웠다. 코타로가 아무 이유 없이 작업을 중단할 사람이 아니라는 점을 알기 때문에, 노부인은 걱정스러운 시선으로 코타로를 올려다보았다.

　"수상한 사람을 봤습니다. 검은 정장 남자였어요."

　"그랬구나. 하지만 혼자 쫓아가지는 마. 요즘 세상이 워낙 뒤숭숭하니, 감독님께 이야기 정도만 해두렴."

　코타로가 정장 남성을 쫓아가려 한다는 것을 알아차린 노부인은 다정하지만 딱 부러진 말로 코타로를 제지했다. 착실한 코타로가 해를 입는 일이 없게끔 걱정해준 것이었다.

　"……네."

　실제로는 코타로가 수수께끼의 남성에게 당할 가능성은

적었다. 문제의 검은 정장 남성이 권총을 들고 있더라도, 여러 힘에 보호받는 코타로를 쓰러뜨릴 수는 없다. 그러나 코타로는 순순히 노부인의 말을 따랐다. 딱히 무기에 조준 당하지도, 적의를 느끼지도 않았다. 그저 검은 정장을 입은 낯선 남성이 코타로 주위를 관찰하고 있었을 뿐이다. 그래서 코타로는 자신을 걱정하는 노부인을 무시하면서까지 검은 정장 남성을 쫓을 생각은 없었다.

이날 코타로의 아르바이트는 날이 저물면서 끝나게 됐다. 가장 중요하다고 생각되는 위치는 좀 더 작업을 진행하지만, 강력한 조명의 숫자가 한정적인 탓에 코타로가 담당하는 위치는 날이 저물면 작업을 중단한다. 현장 감독은 아직 고등학생인 코타로를 배려해서 우선적으로 이 위치에 배치해주었다.

"역시 해가 지니까 갑자기 추워지네……."

홀로 귀갓길을 빠르게 걸으며 코타로가 살짝 몸을 떨었다. 2월이 된 참이라 계절은 겨울 한복판이다. 해가 떨어진 지 얼마 안 됐는데도 싸늘한 바람이 몸에 스며들었다. 발굴작업을 하며 땀을 좀 흘린 것도 추위를 느끼게 하는 한 원인이었다.

"클란 녀석, 저런 데서 뭐 하는 거야……?"

그리고 코타로가 코로나장에 거의 다 도착했을 때 일이다. 코로나장 문설주 근처에 클란이 서 있는 게 보였다. 아직 거리가 좀 떨어져 있어서 무얼 하고 있는지까지는 알 수 없었지만, 살짝 고개를 숙인 채 지면을 보고 있는 것 같았다.

"야, 클란!"

"윽?! 나, 나중에 다시 전화하겠사와요!"

코타로가 이름을 부르며 다가가자 클란은 심하게 허둥거렸다. 그리고 다급히 작은 판 모양 물건을 주머니에 집어넣었다. 그 후에 클란은 코타로 쪽으로 돌아서며 미소 지었다.

"어, 어서 오시어요, 벨트리온!"

"……?"

클란의 행동은 기묘했다. 미소도 어딘가 어색했다. 코타로의 시선은 자연스럽게 판 모양 물건을 막 집어넣은 주머니로 향했다. 그러자 클란은 급히 시선을 차단하려는 것처럼 주머니 위에 손을 두었다.

"클란, 너……."

"무, 무엇이죠?"

"지금 그거 폰이지?"

클란이 주머니에 넣은 것은 스마트폰이었다. 최근에는 고등학생들 사이에서도 사용자가 늘어나기 시작한 물건이지만, 클란이 쓴다고 생각하니 위화감이 들었다.

"맞아요. 그게 무슨 문제라도 있나요?"

"……너, 스마트폰 같은 거 안 쓰지 않았냐?"

클란은 지금까지 스마트폰을 비롯한 휴대전화를 사용하지 않았다. 지구에 있는 친구는 코타로와 침략자 소녀들뿐이었으므로 애초에 연락의 필요성이 적었다. 그리고 연락이 필요한 경우에는 늘 차고 다니는 팔찌형 컴퓨터로 통신회선에 침입했기 때문에, 굳이 지구의 휴대전화를 쓸 이유가 없었다.

"게, 게임· 정도는 한다고요!"

"거짓말 마! 너 방금 누군가랑 통화하고 있었잖아. 그것도 모두 앞에서는 얘기 못 할 사람이랑!"

필요가 없는 휴대전화를 사용한다는 점. 심지어 밖으로 나와 몰래 통화했으니 게임이라는 변명은 말이 되지 않는다. 그녀는 굳이 휴대전화를 이용해서 비밀리에 누군가와 연락할 필요가 있었다는 이야기다.

"으윽?!"

"티아도 그렇고 너도 그렇고, 몰래 뭘 하고 다니는 거야?"

티아의 부재, 수수께끼의 검은 정장, 그리고 클란의 휴대전화. 이때 코타로는 그것들 사이에 접점이 있는 게 아닐지 의심하기 시작했다. 묘하게 타이밍이 일치했기 때문에 무관계하다고 생각할 수 없었다.

"아무것도 안 했사와요!"

"수상한걸……."

클란은 필사적으로 부정했다. 하지만 그 모습이 외려 코타로의 의심을 부추겼다. 역시 무언가 꾸미고 있는 게 아닐까 하는 생각이 강해졌다.

"그냥 지인이랑 통화 중이었을 뿐이어요! 위법행위를 피하려는 게 잘못인가요?!"

"흐음— 하긴, 그것도 그런가……."

의혹을 씻어낼 수는 없었지만, 그런 말을 들은 이상 코타로는 더 추궁할 수 없었다. 클란이 한 말처럼 그녀가 평범하게 전화를 쓰기 시작한 것은 확실히 좋은 일이다. 지금까지 그녀는 회선에 멋대로 침입해서 연락을 취했으니까. 그리고 코타로의 의혹 자체가 근거 있는 이야기가 아니었다. 그런 의미로도 물러날 때였다.

"……그런데 너, 대기화면 배경은 뭐로 해놨냐? 이성인은 스마트폰을 어떤 식으로 쓰는지 대단히 흥미로운걸."

"비, 비밀이어요! 절대로 안 보여줄 것이어요!"

"뭐 어때, 좀 보여줘."

"안돼안돼안돼엣! 조금도 안 되어요!! 특히 당신에게는요!!"

그러나 결국 클란의 재난은 끝나지 않았다. 코타로의 관심은 클란의 통화 상대에서 스마트폰 대기화면 배경으로 옮겨갔고, 한동안 실랑이가 계속되었다.

클란이나 티아가 스마트폰을 쓰게 된 사실은 코타로 외의 106호실 주민들은 이미 다 알고 있었다. 역시 몸을 꾸미는 액세서리나 소품, 휴대전화 종류는 한창때 소녀들의 눈길을 끄는 모양이었다.

"에에엣, 티아네도오, 휴대전화를 쓰게 되었나요오?!"

예외는 유리카 정도이리라. 애초에 유행을 미묘하게 따라가지 못하는 마이페이스다 보니 남의 소지품에는 큰 관심이 없었다.

"……네 덕분에 사토미 군이 마지막이 되지 않을 것 같네."

그런 유리카를 보며 마키는 살짝 미소 지었다. 유리카와 마키는 코스연 활동을 마치고 귀가하는 중이었다. 두 명은 어깨를 나란히 하고 느긋하게 잡담을 나누며 통학로를 걸었다. 서로 거리가 가까운 덕분에 두 사람을 비추는 저녁해가 만든 그림자는 하나로 합쳐져 있었다.

"그럼 마키는 언제 알게 되었나요오?"

"나? 나는 티아 양 일행이 돌아온 다음 날쯤? ……남의 소지품에 주의를 기울이는, 다크니스 레인보우 시절에 생긴 나쁜 버릇 덕분이지."

마키는 쓴웃음을 지으며 어깨를 으쓱했다. 그녀가 다크 네이비가 아닌 아이카 마키의 인생을 선택한 뒤로 시간이

제법 지났다. 그러나 다크니스 레인보우의 전사로서의 삶이 몸에 배어 있는 탓에 좀처럼 평범한 여자아이처럼 행동할 수가 없었다. 치장 아이템을 체크하다 휴대전화를 알아차렸다면 괜찮아도, 적과 아군을 불문하고 일단 통신수단의 유무와 질을 확인하는 전사로서의 경험을 통해 알아차렸다면 의미가 다르다. 마키의 이상적인 삶은 아직도 갈 길이 멀어 보였다.

"아 맞다, 나쁜 버릇 얘기가 나와서 말인데…… 유리카, 눈치챘니?"

"호에? 뭘 말인가요오?"

마키의 말에 당황하며 유리카는 눈을 동그랗게 떴다. 원래 눈치가 둔한 소녀였다. 반면에 마키는 미소를 유지한 채 목소리를 낮추고 지극히 진지한 말투로 유리카에게 사정을 설명했다.

"시선과 얼굴 방향을 그대로 유지한 채 계속 얘기해. 1시 30분 방향에 검은 옷을 입은 남자가 보여?"

"그러니까아— 1시 30분은 젓가락을 쥐는 쪽이니까아……."

유리카는 시키는 대로 얼굴과 시선을 고정한 채 의식만 1시 30분 방향— 약간 오른쪽으로 돌렸다. 그리고 마키가 언급한 검은 정장 남성을 발견했다. 이 검은 정장 남성은 두 사람에게 등을 보인 채 맞은편 길을 걷고 있었다. 유리카가 보기에는 딱히 걸리는 부분이 없는 평범한 통행인이었다.

"······있네요오. 저 사람이 왜요오?"

"실은 미행당하고 있어."

"네에에에에에엣?! 앞에 있는데요오?!"

"쉿, 목소리가 커. ······뒤에도 두 명 있어. 대상을 앞뒤로 포위하는 게 미행의 철칙이야. 그러니 절대로 돌아보면 안 돼."

"어, 어, 어떻게 된 건가요오?!"

미행당하고 있다는 사실은 유리카에게는 완전히 예상 밖의 일이었다. 포르사리아 마법왕국과 대지의 백성, 그리고 포르트제 은하 황국의 문제가 해결되었으니 이제 아무 일도 터지지 않으리라고 생각하며 긴장을 풀고 있었다. 그런 와중에 갑자기 추격자가 나타났기 때문에 유리카는 당황했다.

"미행이 시작된 건 2월 들어서부터야. 내가 알아차린 건 3일 아침이지."

"그럼, 최소한 4일 이상은 뒤를 밟힌 거네요오."

유리카는 부르르 떨었다. 오늘은 2월 7일. 꼬박 4일에다 오늘까지 더해서 총 4일하고도 한나절을 미행당했다는 이야기다. 오싹한 이야기였다.

"처음에는 스토커인 줄 알았는데—"

"그런 무서운 이야기는 하지 마요오······."

"—묘하게 움직임이 조직적이라서 스토커는 아니라고 판단했어. 다만 집단 스토커의 표적이 되는 케이스도 아예 없는 건 아니지만."

"그러니까 그런 무서운 이야기는 그만 하라니까요오!"

추적자의 존재를 알아차릴 수 있었던 것은 그야말로 마키의 전사로서의 경험 덕이었다. 본디 마음을 조종하는 남색 마법소녀이므로 심리상태가 일반적이지 않은 사람을 발견하는 방법은 마법 외에도 다수 습득해두었다.

"우리 모두에게 세 명씩 붙어 있는 것 같아."

"저 사람들은 누굴까요오……."

"이 이상 알아내려면 우리 쪽에서 움직일 필요가 있어. 과연 그렇게까지 해야 할지 말지……."

검은 정장 남성들에 대해 아는 사실은 그리 많지 않다. 마키가 보는 한 검은 정장 남성들은 침략자 소녀들과 코타로에게 최소한 세 명씩 붙어 있다. 즉 상대는 총 서른 명 이상일 테니 조직적인 관여가 틀림없는 상황이었다. 마력이 느껴지지 않는 것을 보면 지상에 있는 조직 중 하나가 움직이고 있을 가능성이 크리라. 하지만 덤벼들려는 낌새는 없었고 적의도 느껴지지 않았다. 멀리 떨어져서 생활 전체를 관찰당하는 것 같다는 게 마키의 솔직한 감상이었다.

이 정보들은 어디까지나 마키가 수동적으로 모은 것이다. 상대의 규모나 성질이 불확실하므로 신중하게 행동했다. 그러나 이 이상 알고 싶다면 능동적으로 정보를 모을 필요가 있었다. 접촉하거나 직접 마법을 걸어보는 등, 그런 위험이 따르는 수법을 동원해야 한다. 하지만 과연 그렇게까지 해도 괜찮은 것인지, 현재 마키는 그 점을 고민하고 있었다.

"그러엄, 사토미 씨랑 키리하 씨에게 상담해보지 않을래요오?"

"그러네. 그 두 사람이라면 알아차렸을 것 같아. 뭔가 아이디어를 내주겠지."

유리카는 귀찮은 일을 코타로와 키리하에게 떠넘기려는 생각이었다. 반면에 마키 쪽은 자신이 코타로의 수족이라고 생각했다. 두 사람의 생각은 각자 달랐지만, 최종적인 결론은 같았다.

마키의 예상대로 코타로와 키리하는 검은 정장 남성들의 존재를 알아차렸다. 코타로 쪽은 마키와 큰 차이 없는 수준이었지만, 키리하 쪽은 좀 더 심층적인 정보를 쥐고 있었다. 이에 관해서는 마키도 역시 키리하라며 무심코 감탄하고 말았다.

『호─ 호─.』

『호호─.』

"……보다시피 저 남자들은 티아 황녀, 루스와 관계가 있다. 그러면서 포르트제 사람은 아니지. 장비가 명백하게 지구제이니까."

검은 정장 남성들을 알아차린 키리하는 하니와와 부하들에게 명령해서 거꾸로 검은 정장 남성들을 미행했다. 덕분에 마키보다 많은 정보를 쥐고 있었다. 두 대의 하니와—카라마와 코라마에게는 영사기 기능도 탑재돼 있어서 검은 정장 남성들이 그늘에서 티아, 루스와 대화하는 사진이나 남성들이 재킷을 벗고 담배를 피우는 사진 등을 순서대로 단칸방 벽에 투영했다.

주목할 점은 역시 티아와 루스의 수상쩍은 행동이었다. 표정이나 몸짓 등을 보면 명백히 티아나 루스 쪽의 격이 위이며, 검은 정장 남성들은 긴장한 기색으로 두 사람을 따르는 듯하다는 점을 알 수 있었다. 그리고 검은 정장 남성들이 피우는 담배가 일본산이고, 일본어 만화를 읽고, 홀스터에 꽂힌 총이 지구제라는 점도 명확하게 파악했다. 그러한 요소를 보고 키리하는 그들이 일본의 어떤 조직일 것이라고 결론지었다.

"그리고 하니와들의 클래스I 차폐 모드를 간파하지 못한 점을 통해서 마법, 영력 장비를 갖고 있지 않다는 점도 알아냈다. 어쩌면 정말로 평범한 지구인일지도 몰라."

하니와들에게는 몇 가지 특수기능이 있는데, 그중 하나가 차폐 모드다. 이것은 가시광선이나 전자파를 제어해서 모습을 감추는 기능으로 두 가지 모드로 구분된다. 일반적으로 사용하는 클래스I, 부담이 큰 대신 영력까지 차폐할 수 있는 클래스II다. 그리고 키리하는 하니와들을 일부러 클래스 I로 두고 검은 정장 남성들에게 접근시켰다. 눈치채지 못한다면 못하는 대로 좋고, 눈치챈다면 그 시점에서 정찰을 중단하고 돌아오면 되니까. 어느 쪽이건 키리하가 원하는 정보를 입수할 수 있는 방법이었다.

"티아네 세 명이 지구인들과 협력해서 뭔가를 하고 있다고……? 목적이 뭘까?"

시즈카는 의아한 듯 눈을 연신 깜빡였다. 티아와 포르트제는 지금까지 지구를 대상으로 무언가를 시도하려는 모습을 전혀 보이지 않았다. 그들의 관심사는 코타로와 106호실, 즉 티아의 황위 계승권 획득 의식에만 집중돼 있었다. 그런데 이제 와서 무엇을 시작하려는 것일까— 시즈카는 그 부분을 잘 상상할 수 없었다.

"봉사활동 같은 게 아닐까요?"

근본이 선인인 하루미가 상상한 것은 봉사활동이었다. 키리하가 예전부터 계속 하고 있는 일이라 하루미로선 상상하기 쉬웠다.

"그렇게 불편해 보이는 정장을 입고 할까요?"

"좀 더 귀여운 복장을 입고 하면 좋을 텐데에."

마법소녀 두 사람의 견해는 달랐다. 검은 정장과 가죽구두는 보기에는 좋지만, 청소나 모금 활동에 적합한 차림은 아니다. 봉사활동에는 봉사활동에 어울리는 복장이 있다.

코스튬 방면으로 일가견이 있는 두 사람은 하루미의 의견에 무리가 있다고 생각했다.

"저기 코타로, 티아는 왜 검은 아저씨들이랑 친하게 지내는 걸까?"

생각하는 게 귀찮아진 사나에는 코타로에게 기대서 감자칩을 먹었다. 그리고 자신이 두 번 먹으면 코타로에게도 한 번 먹여주는 행위를 반복했다.

"나한테 묻지 마. 내가 알고 싶을 정도니까."

"힘내, 코타로! 러블리하고 귀여운 사나에를 위해서!"

"……키리하 씨, 어떻게 생각해?"

"나이스 판단!"

사나에는 티아 일행의 불가사의한 행동을 그리 문제시하지 않았다. 지금의 티아가 나쁜 일을 꾸밀 거라고는 생각할 수 없었으며, 루스가 그 행동에 협력하고 있으니까. 그래서 최악의 경우에도 사소한 장난이 일어나는 정도가 고작이겠거니 생각했다. 사나에는 코타로와 장난치거나 감자칩을 먹는 쪽이 훨씬 중요했다.

"현재로선 정보가 부족하다. 명쾌하게 결론을 내리려면 아무래도 과감한 수가 필요하겠지."

하니와들과 부하들 덕분에 키리하는 많은 정보를 얻었지만, 그래도 거리를 두고 관찰하는 정도까지밖에 하지 않았다. 이유는 마키와 같았는데, 상대의 규모나 성질을 모르기 때문이다. 또한, 도중에 티아와 루스, 클란이 하는 일이라는 사실을 알게 되면서 적극적으로 조사할 필요도 없어졌다. 그러나 그런 수동적 정보수집에는 한계가 있으며, 키리하는 이미 그 한계 직전까지 정보수집을 끝냈다.

"……하는 수 없지. 일단 한 명 붙잡아볼까."

코타로도 일을 복잡하게 만들고 싶진 않았다. 그러나 클란에게 물어보았을 때 그녀는 시치미를 뗐다. 티아와 루스도 무얼 하고 있는지 가르쳐주지 않았다. 그것만이라면 괜찮지만, 무시하고 생활하는 게 어려울 만큼 많은 검은 정장 남성들이 주위를 서성이는 게 문제였다. 106호실에 드나드는 것은 여자들뿐이므로 코타로는 안심할 수 있는 요소가 필요했다. 그래서 코타로는 어느 정도 리스크를 감수하고 검은 정장 남성과 접촉을 시도해보기로 했다.

코타로가 강경한 수단을 쓰기로 마음먹은 데에는 키리하가 이미 많은 정보를 가지고 있다는 점도 크게 영향을 주었다. 검은 정장 남성들이 어떤 식으로 미행하는지 알고 있으니, 의도적으로 한 명을 붙잡기 쉬운 상황을 만들어낼 수 있다. 그리고 그러한 공작 활동은 키리하의 특기 분야였다.

"이 편의점도 쉬는 날이라니…… 오늘따라 운이 없군……."

검은 정장 남성 하나가 편의점 앞에서 어깨를 떨구고 있었다. 이 검은 정장은 유리카를 미행하는 팀의 젊은이인데, 종종 다른 검은 정장의 심부름으로 혼자서 점심이나 담배 등을 사러 움직이곤 했다. 그런 그가 오늘은 고생하고 있었다. 늘 이용하는 편의점이 임시휴업이라서 다음 편의점까지 가보았지만, 불행히도 그곳은 리모델링 중이었다. 그래서 그는 선배 검은 정장에게 문자로 사정을 알린 후 좀 더 멀리 있는 슈퍼마켓이나 편의점에 가보기로 했다.

 "어쩔 수 없지……. 선배는 담배랑 만화가 없으면 계속 저기압이니까……."

 검은 정장들의 미행 임무는 기다리는 시간이 길다 보니 따분함을 달래고 스트레스를 해소하기 위해 담배를 애용하는 사람이 많았다. 만화 쪽도 비슷했다. 그것들이 없으면 임무에 악영향을 끼치게 되므로 ─ 주로 이 젊은 검은 정장이 피해를 본다 ─ 다소 멀더라도 가볼 필요가 있었다.

 "이 앞에서 왼쪽으로…… 아니, 똑바로 가는 게 가깝나?"

 조금이라도 시간을 절약하려고 젊은 검은 정장은 인기척이 없는 복잡한 뒷골목을 빠르게 걸었다. 처음 가는 곳이라 지도와 지형을 대조하는 데 바빠서 주위에 대한 경계가 소홀해졌다. 물론, 코타로 일행은 그걸 기다리고 있었다.

 "이 길은 막다른 곳이라고."

 "우와앗?!"

갑자기 눈앞에 교복을 입은 소년이 나타났다. 놀랍게도 그 인물은 미행 대상자 중 하나인 사토미 코타로였다. 상사에게는 최중요 감시 대상이라고 들었다. 그래서 젊은 검은 정장은 유령이라도 본 사람처럼 괴상한 소리를 지르며 몸을 한껏 젖혔다.

"너, 너, 너는?!"

"무슨 일인지는 알지?"

"아차!"

그러나 젊긴 해도 많은 훈련을 거친 그는 정신을 가다듬자 재빨리 몸을 돌리고 도주를 시도했다. 상사에게 한소리 듣게 될 테지만, 미행 대상에게 붙잡히는 것보다는 훨씬 나았다.

"이쪽도 길 막혔어, 아저씨."

"여기도인가!"

그러나 그의 도주로는 웃고 있는 소녀에게 차단되었다.

"에잇, 이대로 간다!"

그러나 코타로 쪽으로 가는 것보다는 낫다고 판단한 검은 정장은 웃고 있는 소녀 옆을 통과하려고 오히려 달리는 속도를 올렸다. 자그마하고 힘없어 보이는 소녀에게라면 붙잡히더라도 뿌리칠 자신이 있었다.

"아이 참— 길 막혔다고 했잖아—."

그러나 검은 정장은 명백하게 잘못된 선택을 하고 말았

다. 사실 맨손의 코타로와 소녀를 비교한다면 소녀 쪽이 압도적으로 강했다. 그 소녀는 현실에 간섭할 수 있을 정도로 강력한 영력을 가지고 있으니까.

"미안해, 아가씨!"

"미안해하기는~ 이르다구~♪ 야압!"

문제의 소녀— 사나에는 콧노래를 흥얼거리면서 깽깽이 발로 검은 정장에게 다가가더니 오른손 검지로 그의 왼쪽 어깨를 건드렸다. 그 직후, 검은 정장의 몸이 크게 회전했다.

"우와앗?!"

검은 정장은 그대로 한 바퀴 빙글 돌고는 하늘을 본 채로 바닥에 자빠졌다. 강한 충격에 숨이 막혔다. 그러나 무엇에 당했는지 알 수 없었다. 정말로 살짝 닿았을 뿐인데 몸의 균형이 무너져서 넘어지고 말았다. 그런데 몸에는 이상이 느껴지지 않았다. 충격이나 스턴건과는 분명하게 달랐다. 검은 정장이 느낀 것은 바닥에 쓰러질 때의 아픔뿐이었다.

"아저씨, 괜찮아?"

당황한 검은 정장의 얼굴을 사나에가 위에서 내려다보았다. 이때 사나에가 한 것은 검은 정장의 좌반신에만 영력을 과다하게 주입하는, 공격이라고 하기에도 애매한 대단히 평화적인 공격이었다. 검은 정장은 좌반신에만 기운이 심하게 넘치게 되면서 밸런스를 잃고 쓰러진 것이었다. 즉 갑자기 늘어난 힘을 주체하지 못했을 뿐, 검은 정장의 좌반신은 오히려 혈액순환이 좋아져서 건강해졌다.

"……아, 아저씨라고 불릴 나이는 아닌데."

무엇에 당했는지는 몰라도, 도망치는 데 실패했다는 것은 알았다. 검은 정장은 반쯤 단념한 채 몸을 일으켰다. 하지만 이 일로 그가 알게 된 점도 있었다. 코타로와 그의 동료들은 분명 평범하지 않다. 바로 거기에 검은 정장과 그의 상사들이 알고 싶어 하는 비밀이 숨겨져 있는 것은 아닐까— 검은 정장은 그렇게 생각하기 시작했다.

"너희는 뭐야? 무슨 목적으로 우리 주위를 서성이는 거지?"

사나에에 이어서 코타로도 다가왔다. 그 모습을 보고 목소리를 들은 순간 검은 정장은 몹시 놀랐다. 코타로의 분위기가 눈에 띄게 바뀌었다. 지금 코타로에게서는 기운차고 밝은 고등학생의 분위기가 사라지고, 그 대신 굳세고 강력한 의사가 느껴졌다. 또한, 그 목소리에도 반론을 허락하지 않는 엄격함이 깃들어 있었다. 검은 정장이 느끼기에는 연배가 있는 검은 정장의 리더와 마주했을 때 느낀 분위기에 가까웠다. 그런 점이 검은 정장을 완전히 체념하게 했고, 동시에 아무래도 당첨인 것 같다는 확신을 심어주었다.

"대답에 따라서는—."

"자, 잠깐만! 우린 너희의 적이 아니야!"

코타로의 눈매가 좁혀지고 험악한 빛을 뿌리기 시작한 시점에 검은 정장은 선뜻 항복했다. 사실 코타로와 적대하는 것은 그들에게 손해밖에 되지 않았다. 미행의 목적도 정말로 정보수집이 중심이었으며, 적대할 의사는 전혀 없었다.

"어떤 악당도 처음에는 다 그렇게 말하지."

"좀 기다려 달라니까. 우린 선레인저 관계자야!"

"……뭐라고?"

생각지도 못한 말이 튀어나오자 코타로의 움직임이 멈췄다. 그 순간 코타로가 뿜어내는 압력이 약간 줄어들었음을 느낀 검은 정장은 이때다 싶은 것처럼 연달아 말했다.

"우리는 선레인저와 같은 계열 조직에서 온 사람이야! 지휘계통은 좀 더 중앙에 가까운 부서다만!"

"중앙에 가까운 조직이라고?"

그러나 코타로의 시선에서 위압감은 사라지지 않았다. 선레인저의 정보를 가졌을 뿐, 거짓말을 하고 있는 가능성도 있기 때문이다. 그리고 영력에 관한 정보와 장비를 갖고 있지 않다는 것도 선레인저와 진짜로 관계가 있는지 의심하게 하는 원인이었다. 그래서 코타로는 만약을 위해 질문했다.

"그렇다면, 녀석들의 이름과 근황을 얘기할 수 있겠지?"

"켄이치 군과 하야토 군, 동생인 코우타로 군. 다이사쿠 군과 메구미 양은 요즘 들어 분위기가 좋아!"

"뭐어어어엇?! 그 둘이 그런 사이였어—?!"

"그들은 최근의 활약이 좋게 평가받아서 급료가 20퍼센트 올랐어. 예전에는 좌천의 상징이라고 비웃음 받았는데,

지금은 완전히 형세가 바뀌었어. 대 침략자 부문에서 전투 경험과 실적이 가장 많은 건 그들이니까!"

"흐음…… 같은 계열 조직이라는 건 확실해 보이는군."

검은 정장은 코타로의 질문에 제대로 대답했다. 그는 내부 정보를 갖고 있었고, 특히 다이사쿠와 메구미에 관한 정보는 직접 아는 사이가 아니라면 나올 수 없을 만한 정보였다. 이로써 코타로는 검은 정장을 어느 정도 신뢰하게 됐다. 그러나 그로 인해 새로 떠오른 의문도 있었다.

"하지만 그렇다면 왜 우리 정보를 원하는 거지? 선레인저한테 들으면 되잖아?"

새로운 의문은 선레인저라면 코타로 일행의 정보를 가지고 있을 것이라는 점이었다. 그리고 같은 계열 조직이라면 그들에게 들을 수 있을 테니 미행해서 정보를 수집할 이유는 없을 터다. 그러한 요소가 현재 상황과 맞물려서 코타로가 검은 정장을 완전히 신용할 수 없는 원인이 되었다.

"그들은 너희에 관한 정보의 제공을 거부하고 있어. 비공식적으로 협력한 걸 무기로 삼은 형국이랄까. 그러지 않았다면 급료가 20퍼센트 오르는 정도로 끝나진 않았을 거야."

"그 녀석들……."

코타로는 이때 가슴 안쪽이 뜨거워지는 것을 느꼈다. 선레인저들은 대지의 백성과 지구의 평화를 위해 구태여 코타로 일행의 정보를 꼭꼭 숨겨두었다. 그 정보를 조직 상부에 넘기면 승진, 혹은 더한 승급을 바랄 수 있을 텐데도. 역시 그들은 진정한 히어로였다. 코타로는 그 사실이 기뻤다.

"엄밀히 말하자면 우리 상사가 그쪽 롯폰기 박사한테 머리를 숙이지 못한 탓도 있어. 이상하게 엘리트 의식이 강해서 말이지. 역전당한 걸 인정하고 싶지 않나 봐."

검은 정장은 그렇게 말하며 어깨를 으쓱했다. 코타로는 이 시점에서 검은 정장을 신용하기로 마음먹었다. 물론 선레인저에게 보내는 신용 정도는 아니지만, 적일 가능성을 의심할 필요는 없어 보인다고 생각했다.

"……일단, 너희가 선레인저의 동료라는 건 믿겠어. 그래서 우리 주위는 왜 서성이는 건데?"

남은 의문은 하나. 그것은 왜 이제 와서 검은 정장들의 부서가 움직이기 시작했느냐는 점이었다. 이제까지는 없었던 일이니 최근 들어서야 새로 그렇게 해야 할 사정이 생겼다고 생각할 수 있었다. 코타로는 그 부분에 관심이 갔다.

"이유는 두 개야. 너를 알아보고, 지키기 위해서다."

"나를 지켜……?"

여기서 재차 코타로를 당황케 하는 말이 튀어나왔다. 알아보려 했다는 이유는 이해 못 할 것도 없었지만, 지키기 위해서라는 이유는 상당히 기묘했다.

"실은 얼마 전 우리나라에 수수께끼의 이성인— 포르트제인이 접촉해왔어."

"포르트제?! 아하, 그래서 그 녀석들이⋯⋯!!"

코타로는 이때 검은 정장이 한 말을 듣고 지난 며칠간 티아 일행이 기묘한 행동을 보인 이유를 이해했다. 티아와 루스가 자주 자리를 비우는 것은 정부 관계자와 대화하기 위해서. 클란이 휴대전화를 쓰게 된 것도 그렇다. 포르트제가 일본 정부와 접촉하기로 했기 때문에 그런 변화가 일어난 것이었다.

─반응을 보니, 코타로 군이 훨씬 예전부터 포르트제인과 관계를 맺어온 건 확실한 것 같군. 이건 보고해둬야겠어⋯⋯.

그리고 검은 정장 또한 코타로의 모습을 보고 확신을 굳혔다. 아무래도 코타로는 포르트제와 교섭하는 데 중요한 열쇠가 될 것 같다고.

"물론 정부는 위에서 아래까지 난리가 났지. 이건 충분히 상상할 수 있을 거야."

"⋯⋯그렇겠지."

코타로가 티아와 처음 만났을 때를 생각하면 정부가 혼란에 빠진 모습을 상상하기 어렵지 않았다. 조직이 복잡한 만큼 혼란은 더욱 격심했을 것이다.

"그들은 국교 수립을 제안했어. 그것도 지구나 국제 연합이 아니라, 무슨 이유에서인지 일본 정부만 대상으로 삼았지. 지구 측 창구는 어디까지나 일본 정부가 되어주길 바란다는군. 만약 그렇게 해준다면 지구의 정치와 경제를 혼란에 빠뜨리지 않는 범위에서 많은 편의를 봐주겠다며."

　검은 정장은 어깨를 으쓱했다. 포르트제가 일본을 지명한 이유를 알 수 없어서 처음에 정부는 혼란스러워했다. 그러나 곧 추스르고 국익이라는 관점에서 검토를 시작했다. 이 제안은 곤란하기는 해도, 대단히 매력적이라는 것은 틀림없었다. 만약 타국보다 한발 앞서 이성인과 국교를 수립하는 데 성공하면 일본은 많은 분야에서 선두에 서게 된다. 우주시대의 기수가 될 수 있는 것이다.

　"그 얘기만 들으면, 딱히 문제는 없는 것 같은데."

　"그렇지. 하지만 포르트제인이 제시한 조건 두 개가 우리를 망설이게 했어. 그 의도를 파악하기 전에 안일하게 뛰어들 수는 없었지."

　"흠…… 무슨 조건인데?"

　"하나는 국적변경에 관한 규칙이다. 포르트제 정부가 지구인을 지명하고 지명자가 그걸 받아들일 경우, 일본 정부는 그 인물이 포르트제로 국적을 변경하는 것에 대해 어떤 이의도 제기하지 않는다, 라는 내용이야. 이건 우리 일본이 포르트제와의 외교 창구가 되는 거니까, 타국에서 포르트제로 국적변경을 할 때 등에 참견하지 말라는 뜻이겠지. 이건 이해하기 어렵지 않았어."

　엄밀히 따지자면 포르사리아나 대지의 백성을 위한 조치겠지— 이때 코타로는 그렇게 생각했다. 포르사리아도 대지의 백성도 일본에서는 완전히 합법이라고 하기 어려운 민족이므로 창구가 일본 정부로 한정되면 행정적인 문제가 생기게 된다. 그러니 그것을 피할 수단이 필요했다. 이에 관해서는 코타로도 적절하다고 생각했다.

"……다른 하나는?"

"그게 문제였어. 이 두 번째 조건은 극단적으로 적용 범위가 좁아. 대단히 세밀한 조건이거든."

"뭔 뜻이야?"

"실은 두 번째 조건은 너야."

"나?!"

"그래. 포르트제인이 제시한 두 번째 조건은 『현재 킷쇼하루카제 고등학교 2학년인 사토미 코타로와 그 친족, 친구, 지인을 절대 신성 포르트제 은하 황국과의 교섭 대상으로 삼아서는 안 된다』라는 내용이지."

그 두 번째 조건이 정부를 몇 번이나 혼란스럽게 했다. 갑작스레 찾아온 이성인의 요구 사항치고는 너무나 한정적인 내용인 탓이다. 『……사토미 코타로가 누구야?』 우선은 거기서부터 시작이었다.

"이성인이 그렇게까지 네게 연연하는 이유를 전혀 알 수 없었어. 그러니 그걸 알고 싶었지. 그게 네 주위를 서성이던 이유다. 그리고 이런 사정 탓에 만약 네가 묘한 사건에 말려들어서 다치기라도 하면 틀림없이 국익에 해를 끼치게 될 거야. 자칫 잘못하면 행성 간 문제가 될지도 모르지. 그래서 너와 그 주위 인물들을 지킬 필요도 있었어."

"……그, 그런, 일이 있었나……."

코타로는 머리를 부여잡았다. 포르트제는 기술 지원, 문화 교류 등을 미끼로 일본과 정식으로 국교를 맺으려 하고 있다. 그게 실현되면 일본은 행성 간 외교의 리더가 될 수 있다. 그것은 틀림없이 국익에 큰 도움을 줄 것이다. 관광만을 생각해도 엄청난 영향이 있을 터다. 정부에 이 정도로 구미가 당기는 이야기도 없으리라. 그러나 그들은 기묘하기 그지없는 요구사항을 제시했다. 일본 정부가 인력을 투입해서 코타로를 조사하기 시작한 것도 무리는 아니었다.

검은 정장 남성들의 사정을 알게 된 코타로는 그길로 『청기사』에 쳐들어갔다. 이날 티아는 등교하지 않았지만, 이 시간에는 평소처럼 『청기사』 내에 설치된 앤틱 스타일 방에서 우아한 티타임을 보내고 있었다.

"오늘 찻잎은 루브스트리입니다."

"……음, 솜씨가 늘었구나, 루스."

"속 편한 소리 하고 자빠졌네—!!"

빠악!

"푸후우웁!"

코타로의 주먹이 티아의 정수리에 정통으로 작렬했다. 그것은 지금까지 보여준 적 없는 진심 어린 일격이라 티아는 입에서 홍차를 내뿜고 말았다. 적당한 양을 입에 머금고 있었기 때문에 홍차는 마치 분무기에서 나온 것처럼 흩뿌려졌다.

"다짜고짜 무슨 짓이냐?!"

티아는 루스에게 입가를 닦으면서 코타로를 쏘아보았다. 홍차를 내뿜는 정도는 코타로와 생활하며 자주 일어나는 일이라 티아는 동요하지 않았다. 그러나 열화 같은 분노는 눈동자 속에서 강하게 빛나고 있었다.

"그건 내가 할 말이다! 너희들 뒤에서 몰래 뭘 하고 다니는 거야! 다 들었어! 일본이랑 국교를 수립할 생각이라며! 대체 목적이 뭐야?!"

티아 일행이 때때로 자리를 비우는 것은 그 탓이다. 클란의 스마트폰도 그렇다. 검은 정장들은 티아 일행의 목적을 파악하기 위해서 암약하는 동시에 코타로를 지키고 있다. 국교를 수립하는 게 목적이라면 이해 못 할 일은 아니지만, 남몰래 진행하고 있었다는 점이 심히 의문스러웠다. 코타로는 그 이면에 모종의 의도가 있다고 생각했다.

"그대이니라!!"

그에 대한 티아의 대답은 심플했다. 티아는 똑바로 코타로를 가리키며 당당하게 외쳤다.

"뭐, 뭐라고?"

반대로 코타로는 주춤했다. 이때 코타로는 여우에 홀린 듯한 표정을 짓고 있었다. 그런 코타로를 티아는 더욱 다그쳤다.

"그대가 포르트제 사람이 되고 싶네— 하고 생각했을 때, 바로 그리할 수 있게끔 체제를 정비하고 있을 뿐이니라!!"

"이 멍청이, 고작 그런 일에다 대대적으로 국력을 투입하면 어떡하냐!!"

"고작이라고?! 그대 지금 고작이라고 했느냐?!"

티아의 눈썹이 매섭게 솟아올랐다. 티아는 코타로에게 달려들어서 멱살을 잡았다.

"아무것도 모르는구나!! 그대는 진정 아무것도 몰라!! 그대는 두 번이나 포르트제를 구했다! 이전에도 이후로도 없을 압도적인 구국의 영웅이란 말이다! 그런 그대가 포르트제 국민이 되려고 할 때 차질이 있어서는 안 되니라!! 국민이 그렇게 바라고 있어!! 하여 우리가 빠르게 달려온 게다!!"

티아는 울고 있었다. 너무나도 원망스러웠다. 코타로가 자신들의 마음을 이해해주지 않는 것이. 그리고 무엇보다도, 포르트제에 자신을 두고 간 것이.

"그렇다면 내가 그 얘기를 꺼냈을 때 해도 되잖아!! 왜 이렇게 서둘러!! 그것도 내 의사를 무시하고!!"

"우리 포르트제 사람들의 마음을 무시하고 지구로 돌아간 그대에게 그런 말을 할 권리는 없느니라!! 그 극단적으로 짧은 편지는 대체 무어냐!! 다른 내용이 없는지 몇 번이나 찾아보았다!!"

퍽, 퍽.

티아는 눈물을 뚝뚝 흘리면서 코타로의 가슴팍을 연신 두드렸다. 마음이 담겨 있는 탓인지 티아의 힘은 점점 강해졌다. 십여 초 뒤에는 코타로가 그 아픔을 못 참을 수준까지 강해졌다.

"나랑 검이 전부 포르트제에 있으면 위험하잖아!!"

코타로는 티아의 양팔을 붙잡고 억지로 떼어냈다. 어느새 티아의 타격은 정권지르기에 가까운 위력을 보이고 있었기 때문에 계속 맞아줄 수는 없었다.

"그 올곧은 대답이 더욱 속을 끓게 한단 말이다!! 이 완벽한 기사 녀석!! 우리 포르트제 사람들이 그대를 얼마나 사랑하는지 모르는 것도 아니면서어어어!!"

그걸 기점으로 티아는 본격적으로 코타로에게 덤벼들었다. 금색 머리카락을 휘날리고, 눈물을 흩뿌리면서, 야생동물처럼 역동적으로 팔과 다리를 휘둘렀다. 티아의 공격은 진심이었다.

"모른 척하고 돌아가지 않으면 많은 문제가 일어나니까 그렇지!! 실제로 경제에 영향을 줬잖아!!"

"그럴지라도 소녀와 국민들은 그대를 원하느니라아!! 그런 문제는 얼마든지 일어나도 상관없어!!"

"내가 상관있다고!!"

티아의 공격이 진심인 이상 코타로도 같은 수준으로 대응할 수밖에 없었다. 티아의 공격을 뿌리치면서 코타로도 팔다리를 크게 휘둘렀다. 티아도 코타로도 상대를 일격으로 쓰러뜨리고자 진심 어린 공격을 연달아 퍼부었다.

"……역시 전하와 각하는 이러셔야 해……."

경애하는 황녀와 전설의 영웅이 진심으로 난투를 벌이고 있음에도 불구하고 그 모습을 지켜보는 루스는 즐거운 것 같았다.

"……전하가 저렇게까지 격렬하게 감정을 부딪치실 수 있는 건, 이전에도 이후로도 각하 한 분뿐…… 후후후후……."

루스는 알고 있었다. 시작이 다소 다르긴 해도, 결국 평소에 하는 장난과 다를 바 없음을. 왜냐하면 티아는 무기를 쓰지 않았고, 코타로도 검이나 영능력을 쓰지 않았다. 서로 급소를 노리지도 않았다. 또한, 아무리 싸워도 서로에 대한 존경과 호의가 옅어지지 않았다. 즉 은하를 호령하는 포르트제의 황녀와 그 포르트제를 구한 영웅이, 그저 그렇게 하고 싶기에 치고받을 뿐이었다. 그래서 루스의 눈에는 사이좋은 남녀가 장난치는 모습으로밖에 보이지 않았다.

코타로와 티아의 사투는 몇 분간 계속됐다. 인간이 전력으로 싸울 수 있는 시간은 그리 길지 않다. 보여주기 위한 것이 아니라 진심 어린 싸움이라면 더욱 그렇다. 그래서 두 사람의 움직임이 멈췄을 때, 그 이유가 대미지와 피로 중 무엇인지는 곁에서 지켜보던 루스도 알 수 없었다.

"수고하셨습니다 전하, 각하."

루스는 준비해둔 수건을 둘에게 건네주었다. 마치 스포츠 시합 직후에 보이는 행동 같았지만, 당사자인 코타로와 티아의 감각에도 알맞았다. 난투가 끝날 무렵에는 둘 다 격렬한 감정과 체력을 다 쏟아붓고 일정한 거리를 유지했다. 자연스럽게 종료되었다고 할 수 있었다.

"티아."

"뭐냐?"

"이렇게 치고 받아봐야 끝이 없어."

"아니, 언젠가는 소녀가 이긴다."

"진심으로 하는 소리야?"

"……아니, 그렇지도 않다."

격렬하게 몸을 움직이고 감정적으로 후련해진 두 사람은 냉정함을 되찾았다. 둘 다 의논하지 않고 계속 치고 받아봐야 의미가 없다고 생각했다. 싸우는 것 자체는 두 사람에게 의미 있는 행위지만, 그런다고 뾰족한 수가 생기지는 않는다. 그리고 싸움 결과로 결론을 낼 수 있는 것도 아니다. 두 사람의 싸움은 즐거움이 최우선 사항일뿐더러 애초에 공평한 승부라고 할 수는 없었다.

"그럼 이번 시험으로 결판 내자고."

"소녀도 그렇게 해야겠다고 생각한 참이니라."

그래서 두 사람이 선택한 것은 며칠 뒤로 다가온 학력고사였다. 원래 티아와 코타로의 학력은 비슷한 수준이라 공평한 대결을 기대할 수 있었다. 엄밀하게 따지면 티아의 학력 쪽이 높지만, 문화의 차이나 언어의 벽 등으로 그 차이가 메워지는 상황이었다.

"내가 시험에서 이기면 이상한 뒷공작은 그만둬."

코타로의 요구는 티아 일행의 암약을 중단시키는 것이었다. 포르트제 측이 일본과 국교를 맺는 것 자체는 문제없다. 정면에서 당당하게 한 제안이고, 악랄한 요구를 한 것도 아니다. 아울러서 합법적으로 포르시리아와 대지의 백성들을 이민시키려면 필요한 절차이기도 하다. 문제가 있다면 코타로에게 비밀로 진행한 것. 그리고 그것을 이용해서 코타로의 포르트제행을 멋대로 진행하려 했다는 점이리라. 코타로가 마음을 결정하기 전에 상황 자체가 그렇게 조성된다면 피할 방법이 없으니까. 코타로에게도 사정이 있었다.

"알았다. 대신 소녀가 이기면 그대를 포르트제로 데려갈게다."

예전에 티아의 목적은 코타로에게 충성을 맹세하게 하는

것이었지만, 지금은 코타로라는 인물 자체로 바뀌었다. 티아는 코타로의 마음을 돌릴 수만 있다면 어떤 방법이든 동원할 작정이었다. 그것이 그녀 자신과 국민의 염원이므로 망설임은 없었다. 그러나 코타로처럼 생긴 인형을 가지고 싶은 것은 아니기에, 확실하게 설득하거나, 정당한 대결로 코타로가 패배를 인정케 해야 했다. 그런 면에서 학력고사는 알맞은 수단이었다.

"이긴다면 말이지."

"이기고말고! 소녀는 2천 년 불패 신화의 마스티르 가문 사람이니라!"

"그중 두 번 정도는 내가 이겼지만 말이지."

"바로 그렇지. 잘 알고 있구나. 그대의 승리는 소녀의 승리, 그것이 자연스러운 상태이니라. 그대는 포르트제와 함께할 운명인 게야."

"우쭐해 하기는. 나중에 울지나 말라고!"

"오호호호호, 그 말을 그대로 돌려주도록 하마!"

둘 다 한 발짝도 물러날 낌새는 없었다. 상대를 완벽하게 패퇴시키고 자신의 소원을 밀어붙일 작정이었다. 어떻게 보자면 1번 침략자와 그에 맞서는 사람에 어울리는 상태라고 할 수 있을지도 모른다.

"두 분 다 너무 무리하지 않도록 주의하세요. 추운 시기는 한동안 계속될 테니까요."

반면에 루스는 어느 쪽도 아닌 태도를 고수했다. 그녀의 기질이 원래 그렇기도 하지만, 이는 티아가 세운 작전의 일환이었다. 티아가 강경하게 공격하고, 클란은 소극적으로 수비하고, 루스는 그 어느 쪽도 아니다— 세 명이 역할을 분담해서 맡아 코타로의 마음을 흔들려 하고 있었다. 코타로는 알 길이 없지만, 코타로를 데려오겠다는 포르트제의 집념은 무시무시할 정도로 강했다.

　티아가 쓰는 지우개는 귀여운 고양이 모양이다. 그녀는 지구에 온 뒤로 이 지우개를 쭉 애용해왔다. 그러나 캐릭터 지우개의 특성상 지우는 능력은 약간 부족했다. 형태를 유지하기 위한 성분 탓에 글자를 지우는 힘이 약한 것이다.

　"코타로, 지우개 좀 빌리마."

　"어—."

　그래서 티아는 가까이에 잘 지워지는 지우개가 있을 때는 그쪽을 쓴다. 이때는 코타로와 함께 공부하는 중이라 티아는 망설이지 않고 그쪽을 썼다. 겸사겸사 고양이 모양이 망가지지 않는다는 이점도 있었다.

　"야 티아, 이 부분 말인데……."

　"중력인가…… 루스, 지구의 중력 가속도는 얼마였지?"

"9.8이옵니다."

"익숙하지 않은 숫자다만, 뭐 좋다. 애초에 중력이란 질량의 집중으로—."

지우개를 빌리는 대신, 티아는 코타로가 모르는 부분을 가르쳐주었다. 코타로가 어려워하는 수학과 물리가 중심이었다. 물론 이는 첫 번째 계기이며, 지금은 티아도 코타로에게 질문하곤 했다. 한자와 고전문학, 역사 등은 이성인인 티아에게 어려웠다.

"……저기요오, 키리하 씨이."

부엌에서 과자를 찾던 유리카가 퍼뜩 생각난 것처럼 옆에 있는 키리하에게 물었다. 키리하는 거기서 저녁 식사를 준비하는 중이었다.

"무슨 일이지? 푸딩이라면 냉장고에서 식히고 있다만."

"푸딩 얘기가 아니라요오. 먹고 싶긴 하지마안…… 저 두 사람은, 시험 점수로오, 대결하기로 한 거였죠오~?"

유리카는 포렴 아래를 힐끔거리며 코타로와 티아 쪽을 가리켰다. 두 사람은 밥상에 나란히 앉아 열심히 공부하고 있었다.

"그런 모양이로군. 코타로가 이기면 티아 황녀 일행의 암약이 멈추고, 티아 황녀가 이기면 코타로의 포르트제행이 결정되지. 일대 결전이야."

"그런데에, 왜 사이좋게 공부하고 있는 건가요오?"

유리카의 이 의문은 106호실을 드나드는 많은 소녀들의 공통된 의문이었다. 그래서 가까이에서 종이팩을 들고 우유를 마시던 사나에도 자연히 포렴 아래를 힐끔거렸다.

"후후후…… 그게 저 두 명의 관계가 복잡한 이유다."

키리하는 포렴 아래를 힐끔거리진 않았지만, 시선을 슬쩍 거실 쪽으로 움직였다. 두 사람의 모습이 보이지 않아도 사이좋게 공부하고 있는 모습은 손에 잡힐 듯이 분명했다.

"분명 티아 황녀와 코타로는 서로를 쓰러뜨리고 싶다고 생각하고 있어. 그건 틀림없지."

"그치만, 그치마안, 서로 협력하고 있는걸요오? 모르는 걸 서로 가르쳐주기도 하고오……. 틀리게 가르치기까지 하진 않아도오, 안 가르쳐주는 게 이득 아닌가요오?"

유리카의 의문은 바로 거기에 있었다. 학력 대결을 해야 하는데, 상대가 학력을 올리는 걸 도와주고 있다—. 그래서 유리카는 두 사람이 진심으로 대결하려는 게 맞는지 아리송했다.

"쓰러뜨리고 싶은 것은 어디까지나 최고의 상대인 거다. 왜냐하면, 두 사람은 상대가 패배를 인정하기를 바라고 있으니까. 약점을 이용하거나 틀리게 가르쳐서 성적을 떨어뜨리는 등 부정한 방법으로 승리한다면, 패자는 과연 그 결과를 순순히 받아들일 수 있을까?"

"그거언…… 그러니까아…… 받아들일 수 없을지도오, 모르겠네요오……."

유리카도 이해했다. 이것은 단순히 성적을 비교하려는 대결이 아니다. 대결에 이르기까지의 모든 과정이 문제인 것이다.

"이건 각자의 인생과 신념이 걸려 있는 중요한 승부다. 그래서 저 두 사람이 잔재주 같은 걸 부리지 않는 것이지. 오직 실력만으로 상대를 굴복시켜야 하니까."

서로 전력을 다했으며, 대결도 처음부터 끝까지 공정했다. 그런 확신이 진정한 의미의 결판을 짓게 해준다. 코타로도 티아도 서로 소중한 것이 걸려 있기에, 절대 후회가 남지 않을 대결에서 승리해야 했다.

"그 외에는 자신이 사랑해마지않는 기사와 주군에게 거짓말을 해서 약화시킬 수 있겠느냐, 라는 문제가 있겠군. 좋아하는 산을 폭파해서 낮게 만든 뒤에 등정하는 건 어리석은 행위겠지?"

"음…… 어라? 그럼 우리도 여기서 멍하니 있으면 위험한 거 아냐?"

"그럴 가능성은 대단히 크다."

"엣, 엣, 어째서요오?"

"그야 코타로랑 티아는 시험 점수만 문제인 게 아니잖아?"

사나에가 입가에 묻은 우유를 수건으로 닦으며 그렇게 말하기가 무섭게 부엌에는 침묵이 내려앉았다. 그리고 유리카의 얼굴에서 땀이 줄줄 흘러내리기 시작했다.

"고, 공부하러 갈게요오!"

"나도 해야지."

유리카와 사나에는 부엌에서 후다닥 뛰쳐나갔다. 그리고 코타로 일행과 함께 밥상에 둘러앉아 공부를 시작했다. 결과만 문제인 것이 아니다—. 시험이 결정됐을 때 마키가 유리카에게 해준 말이다. 그것이 지금 눈앞에서 증명됐다고 할 수 있었다. 유리카와 사나에는 오늘까지 맹렬히 공부해서 상황이 다소 나아졌지만, 여기서 멈출 수는 없었다. 키리하처럼 압도적인 결과를 낼 수 없는 이상, 공격적인 자세가 무너지는 순간이 최후였다.

"……자각이 싹트는 건 축하할 일이지."

키리하는 살며시 미소 짓고는 아무 일도 없었던 양 된장국 냄비를 가볍게 휘저었다. 학교에서만이 아니라 평소에도 부단히 공부하는 키리하만이 이 역경과 무관했다. 그리고 다들 공부하느라 바쁘니 누군가가 가사를 담당할 필요가 있었다. 그런 팔방미인 키리하 덕분에 106호실의 밤은 평화롭게 깊어 갔다.

오늘은 2011년 2월 11일 금요일. 이날은 구름 한 점 없었고, 공기는 맑았으며, 하늘은 뻥 뚫린 것처럼 시원하게 펼쳐져 있었다. 그러나 그 아래를 털레털레 힘없이 걸어가는 유리카와 사나에에게는 머리 위를 올려다볼 여유가 없었다.

"저어, 이젠 틀렸어요오……. 무조건 낙제할 거예요오……."

"유리카, 여기까지 온 이상 하늘에 빌 수밖에 없어! 이만큼 노력했으니 하늘도 우릴 도와줄 거야!"

"그럴까요오? 정말로 그렇게 생각하세요오?"

"응! 믿으면 구원받을 거야!"

지난 열흘 동안 두 사람은 열심히 공부했다. 익숙하지 않은 공부를 오랫동안 계속하느라 기절한 적마저 있었다. 그럼에도 두 사람은 학력고사에서 합격점을 넘을 자신이 없었다. 어젯밤 키리하가 만들어준 쪽지시험을 모의고사로 풀어봤는데, 그 결과는 만족스럽지 않았다. 아무래도 두 사람이 학력고사에서 합격점을 받는 것은 어려울 듯했다.

"제발 시험이 취소되게 해주세요오오오오오오!"

"……그걸 비는 거야? 점수를 올려달라고 비는 게 아니라……."

"점수는 이미 무리라고 생각한다구요오!"

애석하게도 스타트 지점이 너무 나빴다. 게다가 대지의 백성, 포르사리아 문제로 연전을 치르면서 공부에 소홀해진 차에 몇 달을 포르트제에서 보내고 말았다. 그로 인해 뒤처진 공부를 고작 열흘 만에 만회하는 것은 역시 불가능했다. 그래서 지금 두 사람에게 남은 길은 하늘에 기대는 것뿐이었다. 갖은 노력을 다했는데도 답이 보이질 않았기 때문에, 뒷일은 신에게 어떻게든 해달라고 빌 수밖에 없었다. 그리고 그런 유리카, 사나에와 정반대 위치에는 티아와 코타로가 있었다.

"왔다! 드디어 왔다앗! 마침내 그대가 소녀의 군문에 들어오는 기념비적인 날이 왔느니라앗!"

"재미있는 소릴 다 하시는구만, 황녀 전하아! 키 차이가 절대적인 것처럼 성적에도 절대적인 차이가 있다는 걸 가르쳐주마!"

2월 1일 시점에서 티아와 코타로의 성적은 합격선보다 약간 높은 정도라 방심할 수 없는 상태였지만, 그 이후에 경쟁하듯 공부한 결과 둘 다 어젯밤에 본 쪽지시험에서 예상 합격선보다 한참 높은 점수를 받았다. 두 사람의 목표는 이미 합격이 아니라 상대를 굴복시키는 것으로 바뀌어 있었다.

"웃기는군. 그대는 바닥을 기면서 울며 용서를 빌게 될 게다! 키가 문제가 되는 일은 없을 것이니라!"

"어림없지. 바닥에 박힐 정도로 머리를 숙이게 되는 건 너라고, 티아!"

"후후후후후훗!"

"아하하하하핫!"

충분히 공부했으므로 둘 다 시험결과에는 자신이 있었다. 그런 만큼 승부의 순간이 못 견디게 기다려졌다. 지금 두 사람에게는 서로의 모습밖에 보이지 않았다. 그래서 그런 두 사람을 바라보는 시선에는 조금 서운한 감정이 섞여 있었다.

"저 두 사람이 이럴 때면 끼어들 여지가 없군요."

"이렇게 과격하기 그지없는 관계는 티아 양만의 것이니까요……."

클란과 마키는 쓴웃음을 지으며 어깨를 으쓱했다. 한때는 클란과 마키도 코타로와 과격하게 적대했다. 그러나 친구가 된 뒤로는 그러지 못하게 되었다. 두 사람이 과격하게 행동할 수 있었던 것은 어디까지나 적이라는 인식 덕분이었다. 그래서 코타로와 친하게 지내는 지금도 여전히 과격한 관계를 유지하는 티아가 너무나도 신기했다. 심지어 그 과격함이 훗날 두 사람의 관계에 불행을 초래할 일도 없을 터였다. 말도 안 되는 일을 태연하게 하는 티아가 신기하고, 무척 부러웠다.

—봄부터 고등학교에 다니는 것도, 나쁘지 않을지도 모르겠군요…….

그리고 클란은 속으로 몰래 그런 생각을 했다. 지난 며칠간 티아와 코타로가 함께 공부하는 모습을 보는 동안 자신도 그 사이에 끼고 싶다는 욕구가 부쩍부쩍 솟아올랐다.

참고로 클란은 시험 대상자가 아니고, 마키는 애초에 학력이 충분한 덕에 본인의 시험결과를 걱정할 필요는 없었다.

"그건 아마도, 사토미 군이 남자애이기 때문이겠죠."

"원래 남자애들끼리 할 만한 일을 티아랑 하는 거야. 맥켄지 군이랑 같이 장난칠 때의 분위기랑 주먹다짐할 때의 얼굴이랑 같은걸."

하루미와 시즈카는 코타로의 심리까지 꿰고 있었다. 소녀들에게만 에워싸인 코타로가 드물게 소년적인 요소를 요구했을 때, 거기에 응해줄 수 있는 사람은 티아 한 명뿐이다. 코타로가 밤을 새워 TV 게임을 하거나 프라모델을 만들 때 스스럼없이 그 옆에 앉을 수 있는 사람은 티아밖에 없다. 코타로가 놀이에 꼬드기기 쉬운 상대는 유리카이지만, 소년적인 요소로 국한하면 티아가 독점한 상태다. 사나에는 코타로가 하는 일에 끼어들고 싶어 하지만, 그녀의 경우에는 코타로가 하는 일을 하고 싶을 뿐이라 의미가 조금 다르다. 그러한 사정을 다 아는 까닭에 하루미와 시즈카는 부럽다고 생각하면서도 손을 뻗지 못했다. 하지만 이것은 티아에게 양보해도 좋은 부분이라고도 생각했기에, 두 사람은 웃으며 그들을 지켜보았다.

"전하만의 무기가 있다는 건 좋은 일이 아닐까요?"

루스는 진심으로 기쁜 듯이 웃었다. 키리하는 그런 그녀를 애틋한 눈으로 보며 물었다.

"루스, 그대는 그걸로 만족하는가? 코타로의 시선이 티아 황녀만 보더라도."

"제가 이상적으로 생각하는 남성은, 전하와 서로 지탱할 수 있는 분이에요. 저 같은 건 심심풀이로 상대하시더라도 상관없어요."

루스는 아홉 소녀 중에서 가장 특수한 사고방식을 가졌다. 그녀는 자신과 함께 티아를 지켜줄 수 있는 사람이 아니라면 사랑할 수 있을 것 같지 않았다. 이상적인 대상은 티아의 몸만이 아니라 마음까지도 지켜줄 수 있는 인물이었다. 그것은 일방통행의 애정으로는 실현되지 않는다. 쌍방에게 서로가 필요하기에 비로소 마음이 지켜지는 법이니까. 그런 것을 추구하다 보니 아무래도 자신은 뒷전으로 밀려났다.

"그 마음, 이해 안 되는 것도 아니군."

키리하도 루스의 사고방식에 가까웠다. 키리하는 코타로가 행복해지는 것이 첫 번째 소원이며, 그다음이 행복해진 코타로 곁에 있고 싶다는 소원이다. 그래서 코타로가 반드시 자신을 선택할 필요는 없다고 생각했고, 설령 선택받지 못하더라도 곁에서 떨어질 생각은 없었다. 코타로가 누구를 선택하건 키리하는 코타로를 사랑할 것이다. 그 마음가짐이 확고부동했기에 키리하는 평소와 같은 얼굴로 미소 지었다.

"그 탓에 각하를 곤란하게 해드리고 있을지도 모르지만요……."

"원하는 만큼 곤란하게 하면 돼. 문양이 우리 모두에게 새겨진 이상 헛된 발버둥질이지. 이젠 시간문제에 지나지 않아."

"……네, 이 문제만큼은 고집을 부려볼까 해요."

보통 이런 경우에는 두 사람이 불행해지기 마련이지만, 강한 운명의 인도가 그 결말을 피하게 해주었다. 코타로의 마음은 두 사람에게도 확실하게 향하고 있다. 그래서 코타로가 곤란해하는 것이었지만, 누구보다도 배려심 넘치는 두 사람도 그 부분만큼은 배려해줄 생각이 없는 듯했다.

　"드디어 결판이 나겠군. 정말 길었어…… 후후후후후."

　"소녀의 승리로 전설은 완결될 게다. ……오호호호호."

　"……저기이, 차라리이, 시험장을 마법으로 날려버리며언, 편하지 않을까요오……."

　"나야 그렇게 해준다면 정말 고맙지만, 넌 틀림없이 파멸할걸?"

　"……으흐흑."

　시험을 앞두고 분위기가 이상한 것은 코타로와 티아, 유리카와 사나에 네 명. 확실하게 준비를 마친 나머지 여섯 명은 여느 때와 같은 분위기로 문제의 네 명을 지켜보았다. 이유는 제각각이지만, 문제의 네 명의 미래는 나머지 여섯 명에게도 큰 관심사였다.

　문제의 학력고사는 2월 11일 저녁부터 밤까지 진행되었다. 시험장은 클란의 우주전함『으스름달』의 회의실. 아무래도 106호실에서 시험을 치를 수는 없었다. 참가 멤버는 클란을 제외한 아홉 명. 4시 반부터 시작된 시험은 도중 몇 차례 휴식을 포함해서 예정대로 11시 전에 종료됐다.

"소녀의 승리다, 코타로!! 역대 최고로 뛰어난 결과이니라!!"

"그거 우연인걸, 티아!! 나도 그런데!!"

"결과가 기다려지는구나!"

"그러게나 말이야!"

"후후후후훗!"

"아하하하핫!"

당연히 성적은 톱이 아니겠지만, 분위기만을 보자면 코타로와 티아가 가장 거침없었다. 시간이 부족했기 때문에 두 사람은 각자 시험 범위에서 출제내용을 예상하여 대책을 세웠다. 그리고 그 예상은 높은 확률로 적중해서 역대 최고의 성과를 거두었다. 그런 둘과는 반대로 가장 버벅거린 사람은 역시나 사나에와 유리카였다.

"나, 역시 틀렸을지도……."

"……하느니임, 제발 채점용지가 폭발해서 사라져버리게 해주세요오……."

"여기서 그런 일이 일어났다간 무사히 끝나지 않을 것이어요!!"

시험이 시작된 직후부터 사나에와 유리카의 모습은 이상했다. 두 사람 전부 머리를 부여잡고 고민만 하느라 펜이 전혀 움직이질 않았다. 그러다가 허겁지겁 답을 채워 넣긴 했으나 확신은 전혀 없었다. 채점을 기다리지도 않고 미리 백기를 내건 상태였다.

"넌 여전히 낙제하는 게 전제구나."

"그치만 그만큼 뻔하잖아요오!!"

"만에 하나라는 게 있잖아."

"없으니까 이 지경까지 온 거라구요오!!"

사나에와 유리카의 모습은 코타로, 티아와 정반대라 할 수 있을 것이다. 대단히 알기 쉽게 명암이 갈린 상태였다. 이 네 명에게 공통점이 있다면 낙관과 비관이라는 차이는 있어도 흥분한 상태라는 점이리라. 그런 관점에서 보면 나머지 다섯 명은 차분했다.

"있잖아, 아이카. 고전문학 마지막 선택지는 C가 맞겠지?"

"저는 C로 했어요."

"다행이다아, 좀 걱정했거든!"

"맞다, 카사기 양. 수학 인수분해 문제가 있었잖아요? 그건—."

시즈카와 마키는 시험이 끝나자 신경 쓰이던 문제의 답을 서로 확인하기 시작했다. 함께 사는 두 사람은 시험공부도 함께 해왔다. 그래서 그 흐름을 이어받아 답 확인도 함께 했다.

그리고 루스와 하루미도 함께 답을 확인하는 중이었는데,

두 사람이 보고 있는 것은 자신의 시험지가 아니었다.

"아무래도 전하의 평균점은 70점을 넘을 것 같아요."

"대단하네요, 언어와 문화의 벽이 있는데……."

루스와 하루미는 코타로와 티아의 답을 확인하고 있었다. 두 사람은 코타로와 티아의 시험지를 보며 가채점을 진행했다. 한시라도 빨리 결론을 알고 싶은 코타로와 티아가 간절히 부탁했기 때문이다.

"하지만 역시 일본어와 영어, 사회가 발목을 붙잡는 모양이에요. 수학, 과학과는 점수 차이가 크네요."

"사토미 군 쪽은 전체적으로 비슷한 점수네요. 이 정도면 70점을 넘지 않을까 싶어요."

루스와 하루미가 대강 채점해본 결과 코타로와 티아의 점수는 우열을 가릴 수 없을 정도로 비등했다. 다만 코타로와 티아는 답안지를 다 채운 게 아니라서 실제 결과는 미지수였다. 참고로 루스와 하루미는 시험 보는 도중에 느낌이 왔기 때문에 따로 답을 확인해보지는 않았다. 본디 성적이 좋은 두 사람이라 그래도 문제는 없었다.

"다들, 차가 준비됐다. 상점가의 토라키치에서 벚꽃잎 떡을 사 왔는데, 개수가 안 맞으니 빠른 사람이 임자다."

키리하는 시험결과를 전혀 신경 쓸 필요가 없었다. 답안지를 잘못 채우지 않았다면 어차피 만점일 게 뻔하므로 그녀는 느긋하게 차를 준비했다. 참고로 그녀가 시험지에 체크

한 답을 바탕으로 루스 일행이 코타로 일행의 시험지를 가채점했다. 코타로 일행에게는 일대 이벤트였던 학력고사도, 키리하에게는 그저 일상적인 풍경 중 하나일 뿐이었다.

시험 담당자이자 국어 교사 — 실은 레인보우 하트의 마법사 — 인 미야마 레이나가 코타로와 소녀들 앞에 나타난 것은 시험 종료로부터 약 한 시간이 지났을 무렵이었다. 그녀는 시험결과가 적힌 일람표를 들고 있었다. 수험자가 아홉 명으로 적은 덕에 채점은 금세 끝났다. 그녀는 그것을 코타로 일행에게 알리러 온 것이었다.

"여러분, 밤늦게까지 수고하셨습니다."

『수고하셨습니다—.』

코타로 일행의 대답이 아름답게 울려 퍼졌다. 레이나는 레인보우 하트의 마법사이지만 국어 교사라는 직함을 갖고 있다. 코타로 일행은 자연스럽게 거기에 걸맞은 대응을 했다.

"갑작스러운 시험이었습니다만, 여러분은 저희가 예상했던 것보다도 훨씬 좋은 성과를 거두셨습니다."

레이나의 말을 들은 순간 아래로 떨어져 있던 유리카와 사나에의 고개가 올라왔다. 어쩌면, 어쩌면 기적이 일어났을지도 모른다—. 유리카와 사나에는 저도 모르게 서로 마주 보며 웃었다.

"그럼 성적 상위부터 순서대로 발표하겠습니다."

레이나는 미소를 엷게 머금은 채 손에 든 일람표에 눈길을 주었다. 그 모습은 정말로 교사 같았다. 레인보우 하트를 그만두더라도 교사로 살아갈 수 있을 듯한 분위기였다.

"1위는 키리하 씨입니다. 점수는 490점."

"키리하가 만점이 아니네? 웬일이래."

"아뇨, 490점이 만점입니다, 시즈카 씨. 키리하 씨의 지적으로 저희 측 출제 실수가 발견돼서 만점이 내려갔습니다."

"……그건 500점보다도 가치가 있는 490점이네요."

1위는 다들 예상한 대로 키리하였다. 그녀의 경우에는 능력의 부족보다도 실수로 답을 잘못 쓸 가능성이 컸다. 이번에는 그 실수를 출제자 측에서 범했고, 심지어 키리하는 그것을 지적하기까지 했다. 완전 승리라고 단언할 수 있는 결과였다.

"중요한 건 점수가 아니야. 그리고 이번에 한해서는 지금부터가 문제지."

"그러게…… 사토미 군이랑 유리카의 미래가 달려 있으니까……."

다만 이번에는 키리하의 점수가 그리 중요하지 않았다. 다름 아닌 키리하 자신도 자기가 아닌 코타로 일행 쪽에 관심을 두고 있었다.

"2위는 사쿠라바 씨입니다. 점수는 447점. 저희 측 출제 실수로 4점이 하락했으니, 실질적으로 450점을 넘겼다고 봐도 좋겠죠."

"하지만 쿠라노 양보다는 한참 밑이네요."

"그건 비교 대상이 잘못됐습니다, 사쿠라바 씨. 키리하 씨는 저희도 조언을 구하는 위치이니까요. 당신의 성적은 훌륭합니다."

하루미의 점수는 키리하보다 50점 가까이 낮았다. 하지만 특별히 눈에 띄는 약점이 있는 것도 아니라서 더할 나위 없는 결과라 할 수 있었다. 성실한 하루미는 불만인 듯했지만, 평소에 열심히 공부한다는 걸 알 수 있는 좋은 성적이었다.

"그럼, 다음으로 넘어가겠습니다. 여기서부터는 혼전 양상을 보이는군요. 3위는 아이카 마키 씨."

"저요?"

여기서 자기 이름이 나올 줄은 몰랐기 때문에 마키는 눈을 동그랗게 떴다. 그녀는 시즈카 아니면 루스겠거니 생각하고 있었다.

"네. 점수는 402점입니다. 사회에서 약한 모습을 보였습니다만, 다른 과목에서 커버했군요."

마키는 포르사리아 출신이라 일본사나 세계사에서 약간 불리했다. 하지만 다른 과목에서는 하루미에 버금가는 우등생이라 이런 성과를 거둘 수 있었다.

"굉장하잖아, 아이카! 잘했어!"

"고맙습니다, 카사기 양!"

"그리고 카사기 시즈카 씨가 4위입니다. 점수는 395점. 한 두 개만 더 맞았으면 400점이 됐을 텐데, 아깝게 되었네요."

"아차—."

"시즈카 씨는 모든 과목의 점수가 비슷해서 호감이 갑니다. 약점을 보강하는 공부를 잘 하고 있는 모양이군요."

"감사합니다, 선생님!"

시즈카는 모든 과목이 75점~80점 범위에 들어가 있어서 평소에도 자신의 특기와 약점을 잘 알고 공부한다는 걸 알 수 있었다. 특기인 운동과 요리만이 아니라 약점 쪽에도 제대로 도전하는 자세를 레이나는 높게 평가했다.

"자, 다음으로 5위인데—."

"슬슬 소녀의 이름이 나와도 이상하지 않겠구나."

"흥, 불리는 건 나라고."

300점대에 진입하자 시험 결과를 듣는 코타로와 티아의 자세가 앞으로 기울었다. 두 사람의 평소 성적은 350점 전후이니 슬슬 가능성이 있는 영역이었다.

"—5위는 루스 씨."

"아니었나……."

"감질나게 하는군……."

"점수는 시즈카 씨를 살짝 낮은 380점. 다른 별에서 오셨는데도 경이로운 점수로군요. 열심히 노력하셨네요, 루스 씨."

"고맙습니다."

"역시 어학과 역사에서 고전한 모양이지만, 당신 같은 경우에는 언젠가 해결될 문제라고 봅니다. 앞으로도 열심히 하세요."

"네, 선생님."

루스의 점수는 시즈카보다 낮았지만, 이는 전적으로 다른 별 주민이라는 문제가 발목을 붙잡은 탓이다. 아무래도 국어와 영어, 사회 문제에서 애먹게 되었다. 하지만 레이나가 말한 대로 루스는 공부 — 라기보다는 정보 수집 및 관리 — 가 특기이니 시간이 지나면 메워질 약점이었다. 전혀 문제없는 결과라고 할 수 있을 것이다.

"남은 사람은 소녀와 그대, 유리카와 사나에까지 네 명이로군."

"그럼 다음은 나랑 너 중에 하나겠네."

"음. 저 둘이 300점을 받을 거라곤 생각할 수 없으니까."

"아하하하하하하앗."

"에헤헤헤헤헤헤엣."

코타로와 티아의 긴장감이 높아지고, 유리카와 사나에의 메마른 웃음소리가 울려 퍼졌다. 다음에 레이나가 꺼낼 이름은 코타로와 티아 중 하나. 그것은 유리카와 사나에조차 확신하고 있었다.

"그럼 대망의 6위를 발표하겠습니다. 369점, 사토미 코타로 씨입니다."

"아싸아아아아아아아아아아아앗!!"

"후뉴우우우우우웃!!"

"7위는 티어밀리스 씨. 점수는 겨우 2점 차인 367점이네요. 6위와 7위인 두 분은 마지막 과목까지 치열한 접전을 벌이셨습니다."

코타로와 티아의 점수를 시험 본 순서대로 비교하면 앞서거니 뒤서거니 하는 치열한 양상을 보였다. 두 사람의 운명을 가른 것은 맨 마지막에 본 영어 시험— 서비스 문제인 『야구』의 영어 철자를 적었느냐 마느냐, 라는 점이었다. 티아는 baseball의 첫 a를 e로 적는, 너무나도 단순한 실수를 저질렀다. 이것만 제대로 적었다면 두 사람은 동점이 되었을 것이다. 루스와 마찬가지로 문화와 역사에 약하다는 점이 승패를 가르고 만 것이다.

"8위는 251점을 받은 사나에 씨."

"해, 해냈다아아아아아아아아아앗!! 하느님 고마워어어어어어어어!!"

사실 사나에가 합격선을 넘게 된 것은 전적으로 『사나에 양』 덕분이었다. 『유령 사나에』가 지쳐서 잠든 뒤에도 『사나에 양』이 열심히 공부해주었다. 결코 하느님 덕분은 아니었다.

"9위는 249점인 유리카 씨. 아크 위저드인 당신께 이런 말씀을 드려야 한다니 대단히 마음 아프지만…… 유리카 씨, 당신은 낙제입니다. 한 번 더 2학년을 다니세요."

"그, 그럴 수가아아아아아아앗!! 어째서인가요오오오오오오오옷?!"

"합격선을 못 넘었기 때문입니다."

"싫어어어어어어어어어엇!! 거짓말이라고 해주세요오오오오오오옷!!"

코타로가 승리 선언을 하기도 전에 대단히 충격적인 결말을 맞이하게 됐다. 니지노 유리카, 진급 불가. 레인보우 하트가 정한 합격선에서 고작 1점이 부족한 탓에 유리카의 낙제가 결정되고 말았다.

원래 레인보우 하트는 합격선을 평균 60점으로 할 예정이었다. 그러나 선택과목까지 전부 포함하게 되면서 시험의 난도가 올라갔고, 10일의 준비 기간으로는 공평하지 않다고 판단했다. 그래서 시험은 합격선을 평균 50점으로 내려서 실시했다. 유리카의 점수는 다섯 과목 합계 249점. 사나에 와는 고작 2점 차이지만, 유리카의 평균점수는 50점 아래였다. 이로 인해 유리카의 낙제가 결정된 것이었다.

"티아아아아, 저는 이제 평생 티아를 따르겠어요오!! 포르트제와 지구의 미래를 위해서어, 마법소녀 레인보우 유리카가 대활약 할게요오!!"

그러나 최종적으로 유리카는 낙제를 면했다. 이는 티아 덕분이었다. 티아는 동료에게 엄격하게 구는 것은 좋지만, 출제 실수를 저질렀으니 합격선도 그만큼 내려가야 마땅할 것이라고 항의했다. 그리고 포르트제를 위해서 온 힘을 다한 유리카를 못 본 체할 수는 없다고 덧붙였다. 그 말이 일리 있다고 생각한 레이나는 긴급회의를 소집해서 티아의 항의와 요청을 검토했다. 그 결과 레인보우 하트는 출제 실수로 줄어든 점수만큼 조건을 완화하기로 했고, 유리카는 낙제를 면할 수 있었다.

"음, 그대는 앞으로도 많은 일을 해야 하니 말이지. 공부와 같이 힘써주길 바란다."

"알겠습니다아!! 니지노 유리카, 분골쇄신해서 최선을 다할게요오!!"

이에 은혜를 느낀 유리카는 지금까지 해온 것 이상으로 티아의 힘이 되어주자고 마음을 다졌다. 그녀의 눈동자는 감사하는 마음과 강한 신념으로 반짝반짝 빛을 발했다. 아마도, 내일 오후쯤까지는 그럴 것이다.

"……티아, 너 좋은 구석도 있구나. 자기도 나한테 진 참이면서."

"그러고 보니 그렇구나."

"좀 더 분해할 줄 알았는데."

시험 전에 티아가 보인 모습을 떠올린 코타로는 지금 그녀의 모습이 무척 신기했다. 지금쯤 티아가 난리를 피우는 게 자연스러운 반응이리라고 생각했기 때문이다.

"납득이 안 되느냐?"

"그렇다기보다는…… 김이 샜다? 그런 느낌이야."

"그대는 여전히 아무것도 모르는구나……."

티아는 질려버린 표정으로 약하게 한숨지었다. 코타로를 올려다보는 그녀의 눈에는 조금 원망스러워하는 빛이 서려 있었다.

"그대는 소녀의 기사이니라. 그러니 그대의 승리는 소녀의 승리이기도 하지. 그렇다면 그대가 소녀보다도 뛰어나다는 것에 대체 무슨 문제가 있다는 말이냐?"

"티아……."

"소녀의 마음에 안 드는 것은 그대의 판단이지, 그대가 뛰어나다는 사실이 아니니라. 정말이지 어째서 이 당연한 이치를 모르는 게냐! 으아— 또 속이 부글부글 끓는구나!"

티아는 뺨을 부풀리며 코타로를 쏘아보았다. 그러나 코타로와 실컷 놀고 — 티아는 지난 일주일 정도를 그렇게 받아들였다 — 만족했기 때문에, 그 눈동자에는 말하는 것만큼의 분노는 깃들어 있지 않았다. 군이 따지자면 응석 부리다 토라진 정도였다.

"크, 크흠. 하, 하여간—."

코타로는 헛기침을 하고 억지로 화제를 바꾸었다. 그대로 계속 티아의 눈동자를 보다가는 돌이킬 수 없는 경지까지 빨려들어버릴 것 같았으니까.

"—앞으로는 나 몰래 이것저것 꾸미면 안 된다?"

학력고사를 이용한 대결은 코타로의 승리로 막을 내렸다. 패자는 승자의 말을 듣기로 약속했으므로 코타로는 티아 일행에게 암약하지 말 것을 요구했다. 쥐도 새도 모르게 포르트제에 가게 되는 흐름이 조성된다면 수습할 길이 없기 때문이다.

"내 마음을 바꾸고 싶다면, 권력이 아닌 제대로 된 방법을 쓰면 되잖아?"

코타로도 포르트제가 싫은 것은 아니었다. 오히려 외국 — 다른 별이지만 — 중에서는 가장 좋아했다. 그래서 자신이 확실하게 받아들일 수 있는 이유나 수단이 있다면 포르트제에 가도 상관없었다. 다만 지금은 코타로의 지나치게 거대한 영향력과 시그널틴 문제로 포르트제에 머무르는 게 적절하지 않다고 생각할 뿐이었다.

"다, 다른 방법……."

불현듯 티아의 뺨이 빨갛게 물들었다. 그리고 살짝 시선을 떨어뜨리더니 손끝으로 자신의 긴 머리카락을 만지작거리기 시작했다. 왠지는 몰라도 거북해하는 것 같았다.

"왜 그래?"

"뭐, 뭐어, 그대가, 꼭…… 바란다면, 해 봐도…… 좋으려나, 하고 생각하거나…… 그, 정말 기쁘구나 싶어서, 그래서어……."

거북해 보이긴 했지만, 실제로 도망치거나 하진 않았다. 티아는 몸을 이리저리 꼼지락거리면서 힐끔힐끔 코타로의 표정을 살폈다. 그런 티아의 모습을 보는 동안 코타로는 자신의 심장 박동이 빨라지는 것을 느꼈다. 낯간지러워서 직접 말할 수는 없었지만, 지금 티아는 대단히 귀여웠다.

"자, 잠깐!! 너 대체 뭘 하려는 거야?!"

그리고 코타로는 퍼뜩 깨달았다. 티아가 자신의 말을 착각하고 있을 가능성이 농후하다는 것을.

"뭐냐니, 그게에…… 권력이 아닌 방법이라면, 미, 미인계라든지…… 전부터 그런 것도 가능성이 있지 않을까 싶었고…… 하지만 황녀가 미인계를 쓰다니— 라는 생각이 들어서, 그만두려고 했다만…… 그대가 그걸 바란다면…… 소녀도 뭐야, 여자아이니까…… 그것도 괜찮겠다, 싶어서……."

"퍽이나 괜찮겠다—!!"

퍽!

"아, 아프잖으냐아아아아앗?! 하여간 소녀는 아름다우니, 폭력과 권력을 제외한 방법이라면 미인계가 가장 가능성이 크다고 생각하니라!!"

"너 바보냐—!!"

"바보라니 말 다했느냐아아아아앗!! 사람이 기껏 필사적으로 생각하고 있건마아아아아아아아아안!!"

이윽고 두 사람의 대화는 평소의 난투로 바뀌었다. 티아가 코타로에게 뛰어들며 코앞에서 박치기를 날렸다. 코타로는 그걸 정통으로 얻어맞고 머리가 아찔해짐을 느끼며 티아를 양팔로·붙잡아서 움직임을 봉쇄하려 했다.

"그런 소중한 걸, 내 마음을 바꾸기 위해서 쓰지 말라고오오오오오!!"

"그렇다면 소중한 소녀가 하는 말을 들으란 말이닷, 이 완벽 기사 녀석아아아아아아아!!"

학력고사가 끝나 긴장이 풀린 덕에 두 사람의 싸움은 전에 없이 격렬했다. 그 과격한 사이에 다른 사람들이 끼어들 틈은 전혀 없었다. 그런데도 두 사람의 눈동자는 생생하게 빛났다. 그것은 서로가 바라는 것을 주고받고 있기 때문이리라.

"시험결과는 전하께서 지셨지만…… 이건 이것대로 멋진 결말이 아닐까 싶어요."

"몇 번이나 말하지만, 결국은 시간이 해결해줄 문제다. 근본적인 부분에서 우리를 받아들인 이상, 코타로의 저항은 시간 벌이에 지나지 않아."

"그리고…… 아무리 각하라 해도, 시간을 무한히 벌 수는 없죠."

"그렇지."

두 사람을 지켜보는 소녀들은 이 난투가 미인계와 다름없음을 안다. 티아가 의도한 바는 아니지만, 코타로는 이미 티아의 술수 — 미인계가 아닌 기운계 — 에 빠졌다. 티아만 두고 보아도 이런 상황이었으니, 다른 소녀들의 공세까지 고려한다면 키리하 말마따나 시간문제인 것은 틀림없어 보였다.

이리하여 포르사리아 마법왕국이 부과한 학력 도달시험은 유급자가 나오는 일 없이 무사히 끝났다. 그래서 106호실에서의 공부 모임도 당분간 휴업하게 됐다. 다음에 다 같이 공부하게 되는 것은 기말고사에 대비해야 하는 3월부터이리라. 하지만 그 대신 106호실에서 새로 시작된 게 있었다. 그것은 예전에 106호실에서 일과로 삼았던 각종 게임을 통한 대결이었다.

"……유리카가 그렇게까지 수준 높은 거짓말을 할 수 있을 거라곤 생각하지 않는다만."

"그래도 난 반대야. 이번 미션에는 유리카를 안 데려가는 게 좋겠어."

"어째서죠오?! 저느은, 사토미 씨 편이라구요오, 아군이요오!"

"유리카는 적일 때도 아군일 때도 무슨 소릴 하는지 모르겠어. 이 녀석이 있으면 추리가 성립되질 않아."

"그 부분은 이해해주세요오, 부탁드려요오!!"

"그것도 그렇군. 이번에는 유리카를 제외해야겠다."

"티아까지이이이이이!!"

"유리카, 그대는 장작이라도 줍고 있거라."

"또 아무래도 좋을 일인가요오?!"

"중요한 임무이니라. 장작이 없으면 우리는 얼어죽게 될 게다."

"……으윽, 으흐흐흐흑."

예전에 106호실에서 매일같이 게임을 통해 대결한 이유는 각자의 사정상 106호실을 차지할 필요가 있었기 때문이다. 물리적으로 싸워서 코로나장을 파괴하는 결과는 아무도 바라지 않았기에, 그것을 대신하는 대결 방법이 필요했던 것이다.

"참고로 사쿠라바 선배는 믿어도 될 것 같아."

"믿어주는 거군요, 사토미 군!!"

"근거는 무엇이냐?"

"선배는 속임수를 쓰거나 함정을 파는 등 나쁜 짓을 하려고 하면 바로 얼굴에 티가 나거든."

"지금은…… 평범한 얼굴이구나."

"그러니 괜찮지."

"그렇군…… 그럼 하루미는 후보에 넣도록 하겠다."

"……사토미 구운, 그렇게 말하니 어쩐지 기분이 복잡하네요."

사나에는 자기 몸을 되찾았고, 대지의 백성은 내부항쟁이 정리되었으며, 포르사리아에서는 다크니스 레인보우가 해체됐다. 그리고 포르트제에서는 쿠데타가 해결됐다. 덕분에 현재 106호실을 차지할 필요가 있는 사람은 아무도 없었다. 세입자인 코타로가 이대로 쭉 살고 싶다고 생각하는 정도였다. 물론 소녀들도 106호실에 대해 애착을 품고 있었다.

"그런 논리라면 마키도 괜찮은 게 아니냐?"

"흠…… 아이카, 아이카는 내 편이야?"

"네에!"

"괜찮아 보이는구나."

"거짓말을 못 하니까, 아이카는……."

"전 언제나 사토미 군 편이에요!"

"……그건 그것대로 게임 중에는 문제이다마는……."

결과적으로 게임의 방향성을 근본적으로 재검토하게 되었다. 일단 기존 포인트를 전부 리셋한 후 다시 포인트 경쟁을 시작했다. 참가자도 코타로와 소녀들 전원으로 늘어났으며, 포인트 경쟁의 최종 승자에게 주어지는 경품도 리뉴얼됐다.

"문제는 키리하 씨랑 카사기 씨네."

"키리하는 유리카와는 다른 의미로 추리를 붕괴시키니 말이지."

"가차없는 평가로군."

"그렇다면 가능성이 있는 건 카사기 씨인가?"

"갈게갈게, 임무 힘낼게!"

"……수상쩍지만, 키리하보단 나을 것 같구나."

"벨트리온, 저는요?"

"함정이나 책략은 네 주특기잖아! 당연히 안 되지!"

"대, 대체 언제까지 그 얘기를 들먹일 셈인가요?!"

"네가 싫어하지 않게 될 때까지."

"……정말…… 바보오……."

새로 정해진 경품은 형태가 있는 것이 아니라 『승자는 패자 전원에게 한 가지 소원을 말한다. 그 소원을 반드시 이루어준다』라는 대단히 강력한 권리다. 그러나 소녀들은 마음씨 착한 사람들뿐이라, 아마도 이 권리가 대단한 용도로 쓰일 일은 없을 거라고 코타로는 예상했다. 티아라면 이 권리로 코타로를 포르트제에 데리고 돌아가려 할지도 모르지만, 단순히 머릿수만 계산해보면 티아가 이길 가능성은 10분의 1이므로 코타로는 그리 위험시하지는 않았다.

"코타로, 코타로, 이럴 땐 망설이지 말고 사나에를 데리고 가면 된답니다! 무조건 날 데려가는 게 이득이야!"

"이유는?"

"귀여운 사나에랑 늘 함께할 수 있는 프리미엄 미션으로 바뀌니까."

"실익은 없어?"

"기운 넘치는 미소! 상쾌한 매일!"

"그러면 기밀서류를 입수할 수 없잖아."

"그 부분을 잘 좀 봐달라구."

"……네 역할, 스파이지?"

"에헤헤헤헤헤헤~."

그러나 코타로의 이 생각은 크나큰 오산이었다. 소녀들은 최종적으로 누가 승리하더라도 어떤 특정한 소원을 말하리라. 실은 소녀들에게는 협력해서 『무언가』를 손에 넣겠다는 공통된 목표가 있었다.

"그럼 우선 이전 미션에 성공하신 전하와 각하, 저까지 세 명은 A팀을 유지하고…… B팀의 편성은 어떻게 하시겠어요?"

"……야 티아, 루스 씨는 괜찮을까?"

"의외로 말이지, 모르쇠 하는 얼굴로 무언가 꾸밀 가능성도 있지 않을까 싶으니라."

"모르쇠라니요……. 당치도 않사옵니다."

"그러고 보니 일본 정부와의 교섭 내용은 루스 씨가 생각한 거지?"

"그래. 논리로 밀어붙이는 수완가이니라."

"방심할 수 없다는 거네."

"괜찮아요. 저는 언제나 전하와 각하의 아군이옵니다♪"

"어째 좀…… 점점 믿음이 안 가는걸."

"소녀도 그렇구나. 루스라면 아군이라는 말을 우리와 다르게 생각하는 경우도 있을 법하니……."

불행하게도 그『무언가』는 이 경품 규칙으로 물밑작업이 다 끝났다는 사실을 깨닫지 못했다. 현 상황에서 그것을 피하려면 빠르게 문제점을 알아차리고 10분의 1이라는 좁은 문을 빠져나갈 수밖에 없다. 그것도 모든 소녀들의 방해를 뚫고서. 키리하가 언급한 시간이 차츰 다가오기 시작했다고 할 수 있으리라.

『…….』

"음? 어라? 지금 누가 무슨 말 했어?"

"왜 그래?"

"얘 코타로, 방금 누가 나한테 말을 건 것 같아."

"유리카라면 아까부터 널 부르고 있는데."

"사나에, 다음은 어떤 과자를 뜯을까요오?"

"카스텔라! 종이 벗기는 데 실패하면 안 봐줄 거야!"

"네에에에에에에에에에엣?!"

106호실의 밤은 떠들썩하고도 평온하게 깊어 간다. 코타로가 106호실에 이사 온 뒤로 곧 2년을 앞두고 있다. 그 2년에 가까운 시간 동안 혼자였던 주민은 열 명까지 늘어났다. 그 작은 세계는 모두가 계속 바라왔던 것으로 가득했다. 그리고 그 점이 코타로 일행에게 궁극의 시련을 안겨주려 하고 있었다.

『…….』

약속의 날은 지척까지 다가왔다. 그날이 되었을 때 그자의 자그마한 기도가 과연 이루어질지는, 인간만이 아니라 다름 아닌 신조차도 알 수 없었다.

코로나 육전규정

제28조
코로나 육전 조약에 비준한
자는, 동 조약에 비준한 자
전원에게 사전 통지 없이
거주지를 변경해서는 안 된
다. 이는 일시적인 거주지에
도 적용된다.

제28조 보충
알았겠지?! 이번에야말로
알았겠지?! 여기에 적어뒀
으니까!! 꼭 지켜야 하니라!
다음에 또 그랬다간 절대로
용서하지 않을 테니까?!

NEW!
2011/2/12

■ 작가 후기

오랜만입니다, 작가 타케하야입니다. 이번 후기는 최대 3페이지이므로 느긋하게 얘기할 여유가 없습니다. 그러니 빠르게 진행해보겠습니다.

이번에 여러분께 보내드린 제27권은 WEB 사이트 『읽을 수 있다! HJ문고』에 게재한 『단칸방의 침략자!? 헤라클레스!』의 단편을 세 편, 그리고 신작 중편 하나로 구성되었습니다. 단편 세 편은 캐릭터 파고들기에 무게를 둔 내용입니다만, 중편은 비교적 본편에 가까운 내용입니다. 대강 요약하자면 포르트제에 가 있는 동안 생긴 일들을 청산하는 이야기인데, 그 안에 다음 권과 연결되는 꽤 중요한 내용을 담고 있죠. 여러분도 신경 쓰이는 대목이 몇 군데 있으셨을 겁니다.

각 캐릭터를 둘러싼 사건이 얼추 정리됐기 때문에, 다음 권에서는 드디어 『어째서 이렇게 되었는가』라는 시리즈의 핵심 부분에 진입하게 됩니다. 솔직히 말하자면 한 10년 전에 이야기를 기획했을 때 생각했던 최종 에피소드입니다. 그렇지만 10년이나 쓰다 보니 계속 이어나갈 거라면 이거지, 라는 아이디어가 몇 가지나 떠올라서 작품 자체는 쭉 이어집니다. 하지만 이 에피소드를 꺼내는 시기를 늦추거나 하지 않고, 예정대로 확실하게 보여드린 후에 계속할 겁니다. 그러는 편이 저나 독자 여러분이나 후련할 거라고 판단했거든요. 또한, 그렇게 해야 그다음에 풀어낼 이야기에 많은 바리에이션이 생깁니다. 그리고 마침 알맞게도 다음 권은 기념비적인 시리즈 30권째이기도 하니, 딱 좋지 않나 생각하고 있습니다.

이번 27권에는 『헤라클레스!』의 단편이 세 편 실렸습니다. 하지만 냉정하게 생각해보니 『헤라클레스!』는 격월로 쓰니까, 4개월마다 간행되는 단칸방에 매번 두 편씩 싣지 않으면 (아니면 2권마다 네 편?) 미수록 작품이 계속 늘어난다는 점을 알게 됐습니다. 어떡하죠(웃음).

그렇지만 『헤라클레스!』만으로 구성된 책을 내고 싶지 않단 말이죠. 반대로 모든 책에 두 편씩 추가하면 본편 페이지 수를 압박할 것 같아서 무섭고요. 뭔가 해결책을 생각해 내야 할 것 같습니다. 이건 의외로 중요한 문제라고 보니까, 나중에 담당 편집 S군과 상의해봐야겠네요.

알맞게 페이지가 끝났군요. 역시 3페이지는 쓸 수 있는 내용이 적네요. 이번에는 이 정도로 마칠까 합니다. 끝으로 평소처럼 인사드리겠습니다.

이 책을 출판하기 위해 힘써주신 편집부 여러분. 최근 들어 활동 영역을 넓히면서도 본작 일러스트는 늦지 않게 보내주시는 뽀코 씨. 그리고 이 책을 손에 들어주신 독자 여러분께 깊은 감사 인사를 올립니다.

그러면 28권 후기에서 만나 뵙겠습니다.

2017년 10월
타케하야

단칸방의 침략자!? 27

초판 1쇄 발행 2020년 3월 10일

지은이_ Takehaya
일러스트_ Poco
옮긴이_ 원성민

발행인_ 신현호
편집장_ 김은주
편집진행_ 김기준 · 김승신 · 원현선 · 권세라
편집디자인_ 양우연
국제업무_ 정아라 · 전은지
관리 · 영업_ 김민원 · 조은걸 · 조인희

펴낸곳_ (주)디앤씨미디어
등록_ 2002년 4월 25일 제20-260호
주소_ 서울시 구로구 디지털로 26길 111 JnK디지털타워 503호
전화_ 02-333-2513(대표)
팩시밀리_ 02-333-2514
이메일_ lnovelpiya@naver.com
ㄴ노벨 공식 카페_ http://cafe.naver.com/lnovel11

rokujyouma no shinryakusya!? 27
ⓒ Takehaya
illustration Poco
Original published in Japan in by HOBBY JAPAN Co., Ltd.

ISBN 979-11-278-5466-9 04830
ISBN 979-11-278-4220-8 (세트)

값 7,800원

시원찮은 그녀를 위한 육성방법 1~13권(완결) | FD, GS 1~3권, Memorial 1~2권

마루토 후미아키 지음 | 미사키 쿠레히토 일러스트 | 이승원 옮김

이것은 나, 아키 토모야가 그다지 눈에 띄지 않는 한 소녀를
히로인에 걸맞은 캐릭터로 프로듀스하면서,
그녀를 모델로 한 미소녀 게임을 제작하는 과정을 그린 감동적인 이야—
"아앙? 할 줄 아는 건 하나도 없으면서 게임을 만들겠다고?
세상 물정을 몰라도 너무 모르는 거 아냐?"
"나에게는 이 끓어오르는 정열이 있어! ……아, 구기지 마!
꼬박 하룻밤 걸려서 쓴 기획서란 말이다!"
"표지밖에 없는 기획서를 쓰는 데 왜 그렇게 시간이 걸린 거야?"
"열한 시간이나 갔더니 남는 시간이 얼마 안 되더라고."
"태클 걸 데가 너무 많아서 어디서부터 걸어야 할지 모르겠잖아……. 에잇, 에잇!"

……아무튼, 메인 히로인 육성 코미디, 시작하겠습니다!

15세 미만 구독 불가

저 어리석은 자에게도 각광을! 1~5권

히루쿠마 지음 | 유우키 하구레 일러스트 | 이승원 옮김

「돈도 없고, 여자도 없어!」
풋내기 모험가의 마을 액셀의 (자칭) 지배자인
양아치 모험가 더스트는 주머니 사정이 신통찮았다.
신참 모험가 카즈마 일행이 착착 명성을 쌓아가는 가운데—
더스트는 자작극 사기에 도난품 매매,
귀족 영애를 뜯어먹으려고 획책하는 등,
오늘도 액셀 마을에서 돈벌이에 힘썼다!
그런 와중에 나리라 부르며 따르는 대악마 바닐에게서
「재미있는 미래가 찾아올 것이다」라는 불길한 예언을 듣는데?!

더스트 시점에서 그려지는 조금 음란한 외전이 새롭게 시작!

라이트노벨의 새로운 빛! L노벨의 신간은 매월 10일에 발매됩니다. http://cafe.naver.com/lnovel11

Episode1
의외로 가까이에 있는 위기
몸도 마음도 체크해볼까요? 나나의 재활 대작전!!

Episode2
돌아가기 전까지 들르고 싶은
여러 장소
아르 아저씨(소형)와 함께 관광 여행을 만끽한다!

화룡제, 온천에 가다.

Episode4
사랑과 용기의 학력고사?!
포르트제를 구한 영웅을
낙제의 위기?!
기다리던 것은……